我和阿布的狗日記

增訂新版

邱靖巧——著
劉彤渲——圖

名家推薦

李偉文（少兒文學作家）：

或許是老人化或少子化的影響，貓狗這類自古以來的「寵物」已躍升為人類的動物同伴，慰藉了許許多多的寂寞心靈，更是缺少童年玩伴的當代孩子，一個看見其他生命的機會。

《我和阿布的狗日記》很真實生動地描述了孩子與狗的互動，喔，不只，還有環繞在這隻老狗四周的阿公、老爸、老媽，以及老師與同學，因著阿布，大家不只變得更柔軟更體貼，也更能傾聽彼此的心靈。

這是一本很適合當孩子生命教育的教材。

張嘉驊（少兒文學作家）：

這部作品以平實的筆調，刻畫了人對狗的真摯感情。日記體作為小說的表現形式，其實也是一種隱喻，彷彿是故事裡的男孩仔細地在體會並數算與老狗相處的每一天。老狗歲月將盡，該如何讓牠度過一個安然的晚年？男孩與阿公的做法各不相同，讓讀者在問題的思考上有了參與和討論的空間。而男孩的老師和同學的養狗經驗，也為故事的發展提供了足以襯托主題的副情節線，讓讀者讀起來更覺得內容的豐富。

黃秋芳（少兒文學作家）：

沒有格局寬闊、氣勢磅礡的大議題，也沒有社群取暖、殘缺破碎的社會議題。不過是些小小的生活細節，超越參賽企圖，反而在真摯深沉的對話和互動中，像一小段、一小段文字拼圖，慢慢烘焙出跨物種、跨年齡、跨身分的生命微溫，無論是陪伴、衝突或奮力而無能的掙扎，都表現婉轉動人，在眼淚和疼痛中，迴盪著細膩的回眸戀慕。

七月三日

今天帶我的拉不拉多犬阿布去獸醫院打預防針，讓我想起一年前程翎的狗瞇瞇，突然想記錄下來。也有可能因為阿布年紀大，我想寫些關於我跟牠的事。阿布跟我同年，十四歲，對於身為人類的我，算是青少年，但是身為狗的阿布，已經如同高齡八九十歲的老犬，真不敢相信，居然比我阿公還老。

差點忘了，要寫程翎的狗瞇瞇。

大約一年前，鎮上的獸醫院剛開幕，我帶阿布去打預防針時，遇見班上同學程翎，她站在診間的角落低著頭，診療台上趴著一隻白色毛茸茸的狗，看起來很虛弱，而她媽媽正和獸醫師說話。

當程翎再度抬起頭時，我正要開口向她打聲招呼，卻發現她在哭，害

my dog
牠叫阿布，
十四歲

我要叫不叫的，差點被自己的話噎到。還好，護士姊姊請我在掛號台填寫基本的病歷資料，轉移了注意力，才讓我的尷尬感可以蒙混過去。

第一格欄位，主人姓名。我遲疑了一下，感覺是阿布的責任歸屬，老爸雖然是出錢養牠的，可是牠現在是跟著我的，我想填我自己的名字，賴柏叡，我們三個都不會有意見。不過，與其說是阿布的主人，我比較喜歡我們是兄弟的說法。

我照順序寫下基本資料，不由得又偷瞄診間幾眼，尤其是那隻白毛狗。到底生什麼病？看程媽媽嚴肅的表情，感覺不是挺妙的。

突然，程翎好像發現我了。她拿起面紙擦掉眼淚，努力擠出一點笑容，推開診間的玻璃門，走向我。

「阿叡，你的狗喔？」程翎的鼻音很重，讓我很難不注意到。

「喔，是呀！來打預防針。」我拉了一下阿布的牽繩，趴在地上的牠抬頭看我一眼。阿布真的上年紀了，以前外出都是爆衝，牽都牽不住，不但常被牠拖著跑，好幾次還跌個狗吃屎，而這幾年說牠變穩重，不如說是老態龍鍾了。

「嗯。」

我們沉默幾秒，我想再不開口說點話，場面會很僵。

「欸，妳家的狗還好吧？」

「不好，醫生說是子宮蓄膿，要開刀，而且牠已經快十歲了，風險很大。」程翎講著，眼眶又紅了。

「聽起來很嚴重，我家阿布十多歲了，希望牠不會那個什麼宮什麼膿的。」

「阿布也是女生？」

「牠是男生。」

「那你不用擔心，那是沒結紮的母狗才會。」程翎說得認真，就像在班上有不會的作業問她一樣，但我滿臉錯愕，好想找個洞鑽進去。除了幫狗打預防針，還有預防跳蚤壁蝨心絲蟲，其他的知識常識，我好像一無所知。

我看著阿布，好慚愧喔。

當天回到家，阿公問我帶阿布去哪。我跟他說在獸醫院遇到程翎的事，他居然回答我，「騙鬼！狗破病，出去呷草就好呀！功夫擱開刀？」

什麼祕方!?吃什麼草會好？阿公沒多說，搖著頭就出門去。

幾天後，阿嬤說，聽說程翎家花了上萬元的醫療費用，那隻狗還在獸

醫院住院。當時，在鎮上算是大事一件，因為沒人聽過狗開刀，沒有人碰過狗住院。而獸醫師尚靖傑也成為鄰居們討論的焦點人物，有人說那程家白狗開刀的傷口縫得真好，有人說再怎麼兇的貓到了他手上都乖得像隻小白兔。不管別人說什麼，從程翎的表情上就知道，小白狗瞇瞇恢復以往的健康。

寫到這裡，我又想到為什麼我記錄這件事的另一個理由。知道上萬元的醫療費用之後，我開始懂得儲蓄的重要，因為害怕阿布要是有天生病，老爸還來不及給我錢，阿公就先給牠吃草，也太冒險了。

至於今天帶阿布去打預防針，遇到下了課最不想遇到的同學——林強昇。

我在診間外的椅子上坐著，阿布在地上趴著，一隻哈士奇不知打哪裡

衝過來，嚇得我跟阿布都跳起來。沒禮貌的哈士奇對著阿布低聲吠，阿布雖然老，卻無法對這個挑釁裝瞎。

接著一陣熟悉又噁心的笑聲，就是林強昇。他拿著牽繩走過來，牽繩上還有項圈，該不會他就是哈士奇的主人吧!?這樣真的很危險，萬一哈士奇咬傷人或跑到大馬路上去，後果都難以想像吧！我心裡是這樣想，嘴上卻沒跟他說，因為自以為聰明的他才不會甩我。

「欸，你的狗喔？」林強昇從不叫同學的名字，後來我也不屑叫他，「好像很老了，還沒死喔。」

看吧！一開口就不討喜的態度，我也懶得跟他爭辯。還好，護士姊姊從診間出來請我跟阿布進去，而上一個客人提著一個手提籃正要走出來，從籃子的縫隙看起來像是一隻橘子貓。

走進診間後，我聽到剛擦身而過的那個客人尖叫一聲，然後開始數落林強昇及哈士奇，應該是哈士奇撲上手提籃，橘子貓在籃裡亂竄。

接著尚醫師問我阿布的基本狀況時，我根本不能專心，超想大笑的。直到現在，還是很想笑，明天我一定要告訴程翎。自從她的瞇瞇開刀後，我們也變成好朋友了，而且這學期她就坐我隔壁。不對，放暑假了，等暑期輔導再說給她聽。

阿布在房間門口抓地板!? 糟糕，超過吃飯時間了。

七月八日

這幾天都沒什麼事，就每天睡到自然醒，帶阿布出去遛遛，回家寫寫作業。中午跟阿公阿嬤吃飯看電視，下午等太陽威力稍弱，再去打球。傍晚回家洗澡吃飯看電視，睡前若想到，再寫一下作業。

只是翻開日記本要寫時，居然跳過五天，要不是桌上的行事曆，我根本不知道今天是哪天，但是看了之後，算一下日子，剩沒幾天就要暑期輔導了。

我的日記好空曠，我的人生該不會也……

剛剛去接電話，是老媽打來的，叫我想想看暑假要去哪裡玩，她一定會叮嚀老爸把假排好，甚至是命令，不能再晃點我了。我隨便應聲，這是個難題，現在先丟給我，然後等我想好，又會丟到老爸那裡，最後的結果

可能是老媽載我跟阿公阿嬤去玩，或者又快開學就不了了之。
算了，有空再想，寫點作業比較實在。

七月九日

氣象主播說有低氣壓形成，未來一週會是關鍵。如果颱風配合的話，可以等暑期輔導再來嗎？我實在不想浪費已經休假的日子又放颱風假。

這個消息讓我今天的心情有點煩悶，只好牽著阿布到附近的小公園走走。

一台休旅車靠路邊停，後座車窗慢慢降下，是程翎，她向我揮揮手。她跟媽媽要去市區的寵物賣場，問我要不要一起去。我想答應，可是牽著阿布，好像不太方便。

「狗可以帶去啦！而且車子也夠大，沒問題啦！」程媽媽看出我的猶豫，害我也不好意思拒絕。

阿布上了車，不停搖著尾巴，鼻子也沒閒著，一下子聞椅墊，一會兒

又嗅著窗戶。我知道牠很開心，因為牠已經有好一段時間沒坐車兜風了。

小時候，我還跟老爸老媽住在一起時，偶而假日會載著牠一起出去，找個有大草皮的地方，讓牠盡情奔跑，不然就玩你丟我撿的遊戲。自從我搬回阿公家，這七八年來，牠頂多就是跟我出門走走，哪有汽車可以坐。

我以為牠不介意，看來牠還是很渴望。嗯，既然老媽叫我想想去哪玩，那我要想個可以帶阿布一起去的地方，而不是又要將牠寄放在狗旅館或者獸醫院。

ZZZ

七月十四日

颱風閃過去，暑期輔導課開始，而我睡過頭，不知道阿嬤已經叫喊了多久，當我真正聽到聲音時，睜開眼，阿公拿藤條出現在我房間。吼！差點遲到。

七月十九日

今天心情很亂，有股衝動想把前面幾頁都撕掉，但要是真的這樣做，我反而更不舒服，我要寫點東西，腦子才不亂想。

一大早，阿布有點奇怪，懶洋洋的。

我拿了牽繩要帶牠出門散步，牠居然用那種無奈的眼神看著我，一動也不想動的樣子，是怎樣？害我滿腔的熱情瞬間被澆熄，原本還想說到學校操場，跟牠玩撿球。

看牠那樣子，我都不想出門，只好自己鼻子摸一摸，把牽繩收回原位。

經過牠的飼料碗時，我楞了一下，裡面居然還有飼料，這真的太詭異，阿布平時只有吃不夠，絕對會在一分鐘內秒殺所有飼料，從來不會剩下，吃光飼料後，接著連碗都要舔乾淨，深怕遺漏一點點的飼料渣。

我大聲呼喊阿嬤。

我的聲音一定很緊張，可能像是火燒厝，因為阿嬤很慌張從廚房跑出來，手裡還拿著那把金門菜刀。我跟阿嬤說阿布飼料沒吃完，早上阿公有多餵嗎？會這樣懷疑是因為阿公有時候老番顛，明明早餐是我要餵的，阿布吃太快，他會說我餵太少會餓死牠，有時候偷餵一次，忘了又會再餵一次。阿布曾經因為這樣吃掉快半包飼料，差點又吐出來，整個肚皮脹了兩天，我看都不舒服了，牠應該很難受。結果阿公還笑說怎麼有狗那麼笨，會把自己撐死。

阿嬤說沒有，阿公一早跟叔公去海邊釣魚。還有這幾天我上學，早餐餵牠的飼料，都拖到下午才吃完。飼料雖然吃的少，但水卻喝很多，尿都憋不住，隨地亂尿，害她這幾天一直在拖地。阿嬤想了一下，又說這幾天

還有吐。

太不尋常了！我拿出牽繩，半推半就要阿布出門。阿嬤追我到門口，問我要去哪。

當然是，上獸醫院。

我跟尚醫師說了阿布這兩三天的情況時，整個人很喘，不知道是因為走這一段路，還是緊張擔憂。尚醫師叫我放輕鬆，可是他卻皺眉地說要驗血。

驗血!?我當下立即點頭說好，但想想我的錢夠嗎？沒關係，我還有存了一年多的私房錢，應該夠。

阿布很配合地抽血，都不吭一聲。

等待血液檢查結果，好漫長，簡直比老師要發考卷還難耐。雖然這樣，

結果終究會出來，尚醫師拿著一張紙，密密麻麻的英文跟數字。

「阿布的報告看起來，腎指數很高，不治療的話變成尿毒症，很危險的，在人的話，就如同要洗腎了。所以現在要住院點滴，至少要觀察三天，再看腎指數有沒有降……」尚醫師試著跟我解釋一些腎臟病，可是現在的我一句也聽不進去。

很危險!?住院點滴!?三天!?我的腦子裡只剩這三個詞打轉著。

阿布留在獸醫院點滴，從不關籠子的牠，居然沒有抵抗。我要離開時，好像有聽到牠唉叫了兩三聲。

晚上，我算了一下私房錢，有點勉強。於是我偷偷打電話給老媽，儘管阿公在客廳大聲咆哮，說什麼獸醫騙錢，住什麼院，放出去吃草就會好。

跟老媽說著說著，我竟然快哭了。老媽叫我放心，明天就去匯錢給我，

說什麼阿布很壯的，沒事的。老媽一直說一直說，我卻不敢多說什麼，我怕我真的會哭出來，這時突然覺得老媽一點都不嘮叨。

七月二十日

六點多，阿嬤在煮粥，整晚幾乎沒睡的我已經坐在飯桌前等著。門外有些動靜，原以為是送報員，我開門一看，居然是老爸跟老媽開車回來了。

我緊繃的神經頓時放鬆不少，眼淚差點飆出來。

老媽一進門就過來摟著我，在我耳邊說沒事沒事，不用擔心。我很想推開她，跟她說我已經長大了，不要像小孩子一樣對我。但是我捨不得這樣的安全感，而且趁這時，我可以偷偷擦掉眼裡快滿出來的眼淚。

五個人塞滿阿公阿嬤平時坐的小餐桌，阿公看了老爸一眼，悶不吭聲地扒了幾口粥。阿嬤夾些菜脯蛋給老爸，催促大家趕緊吃，免得粥涼了。

「為著一隻狗，七早八早趕轉來……」阿公放下碗筷，離開小餐桌。

很輕的一句話，卻像低氣壓一樣在我們周圍散不開，只有阿嬤還笑得出

來，叫我們趁熱吃粥。

我帶領老爸老媽進獸醫院，聽見住院部傳來一聲吠叫，沒等尚醫師招呼，我便往裡面衝。阿布的精神好多了，看見我時還會搖尾巴，讓我這兩天混亂的情緒得到安慰。

護士姊姊剛好在打掃，清洗狗籠的底盤，給住院狗貓們飼料和水，但她似乎不打算給阿布，我疑惑地看著她。護士姊姊跟我解釋，現在給阿布水，有可能會吐，點滴已經在補充水分跟營養了，所以不用擔心。

「可是阿布很愛喝水，可以喝很多。」我不死心地說著，花錢住院治療，連要喝碗水都不行嗎？護士姊姊繼續她的工作，沒多理會我。

我走到診間，聽到老爸說到什麼一起長大，什麼對孩子很重要，請尚醫師多費心照顧。

我打斷老爸跟尚醫師的對談，「尚醫師，可以給阿布喝水嗎？」

尚醫師說不行，原因跟護士姊姊說的差不多，我不斷地拗他。

「只能一點點，像在人的醫院，用棉花棒沾點水塗在病人的嘴，就一點點水。」尚醫師應該被我弄煩了，答應我的要求，看我沒反應又馬上補充，「不要多，會吐出來。」

阿布果然想喝水，那一點點根本就不夠，沒兩三下就整個碗舔乾了。於是趁著他們都很忙時，我偷給了阿布一點點，然後再一點點，接著又一點點……

「嘔！」阿布吐出一大灘水，我看到傻眼，該怎麼辦？

「還是會吐，今天先不要餵。」尚醫師交代護士姊姊，然後又跟我說，「沒事的，若阿布情況好點，我們會再試著餵餵看。」

我好心虛，尚醫師看到那一大灘水，一定知道我餵了多少，絕對不是他叮嚀我的一點點。我好慚愧，應該更相信他才是。

護士姊姊幫阿布的籠子整理乾淨，又給我一張椅凳，我小聲地跟她說聲謝謝。老媽拍拍我的肩，問我要不要回去了，我說我還想多陪陪阿布。老媽靠在我耳邊說，錢的事不用擔心，老爸已經跟獸醫師聊過，繳了這幾天需要的費用，還有阿布明天會再驗血，看情況怎樣。

我回家吃過午飯，又往獸醫院跑，我跟阿嬤說等醫院關門休息後，我才回家吃晚餐。至於老爸老媽幾點回去中部，我也不太清楚。但晚上九點多，我跟阿公在小餐桌上吃飯，跟早餐比起來，感覺有點空曠。我超想問阿公這麼晚了，是吃哪餐？但我覺得阿公可能會翻桌。

七月二十一日

今天根本不知道老師在課堂上講什麼，完全消音，聽進耳朵卻無法理解，只覺得時間怎麼與阿布的點滴速度一樣，慢吞吞，難道就不能再快點嗎？

程翎趁下課時間問我怎麼了，幾堂課下來，一直在發出很細碎的聲音。我超不好意思的，說出阿布住院的事。她勸我別擔心，要相信尚醫師很厲害。我差點忘了，她可是尚醫師的頭號粉絲，而活跳跳的瞇瞇則是最佳代言狗。想到這些，不知怎麼搞的，我開始覺得應該像她說的不用擔心。不過隨即又擔心起來，雖然昨天阿布精神好多了，可是看牠吐那灘水的動作，加上尚醫師一直沒把話說樂觀，我的心總是像懸在雲霄飛車上。

下午放學後，程翎連問都沒問我，就跟著我到獸醫院探望阿布，正好

碰上護士姊姊放飼料給阿布吃，讓我眼睛一亮，而籠內也有一碗水，這代表尚醫師允許牠吃飯喝水了。

不久，尚醫師走過來，跟我們說等一下就幫阿布驗血。護士姊姊在尚醫師身旁提醒有客人要拿藥，她說了一個好耳熟的名字，嚴葛青。

誰呀!?我轉頭看程翎。

「應該就是數老，嚴格格。」程翎瞪了我一眼，「她也有養狗？不知道為什麼要拿藥，要不要去看看？」

「不了，我今天上課不專心。」我拒絕，但程翎已經往診間走去。她對狗貓有某種莫名的執著，尤其是生病衰弱的，她以後如果念獸醫系，我也不意外。

尚醫師拿著阿布的血檢報告走過來時，我的心臟差點漏跳了兩三下，

也不敢自在的呼吸。他指著兩個數值給我看，說腎指數已經有降了，只比標準值高一點點。我大大地吐出一口氣，程翎看了我一眼，一副就是「看吧！尚醫師很厲害」。

回家前，我看看阿布的碗，裡面沒有任何飼料。不論尚醫師怎麼解釋那些數值，我聽是聽了，還是感到不實際，但阿布把飼料吃光，卻讓我安心許多，今晚可以好好睡一覺到天亮。

路上，程翎說起嚴格格的狗，她說那是一隻可能八九歲的白貴賓，路上撿到的，帶回家養了五六年。一年多前在家裡心臟病發作，喘到舌頭都變黑，全身癱軟，家人都嚇壞，趕緊送到獸醫院。來時，呼吸心跳都停止，尚醫師不斷地幫牠做急救，差不多快半個多小時，老貴賓才又活過來，從此需要按時吃心臟藥……

因為程翎一直說，害我不得不跟著她走，直到她家門口。說真的，我懷疑她在這些話中加了多少油醋。算了，不重要，因為阿布明天就可以出院回家，就算尚醫師說牠還需要吃藥，還需要換成什麼處方飼料，還要定期回診驗血……等等，我想比起前幾天真的是好太多。

回家後，我跟阿嬤要了一件舊涼被，折成小方塊放在阿布習慣趴睡的位置。我坐在上面一會兒，很舒適，希望阿布會喜歡。

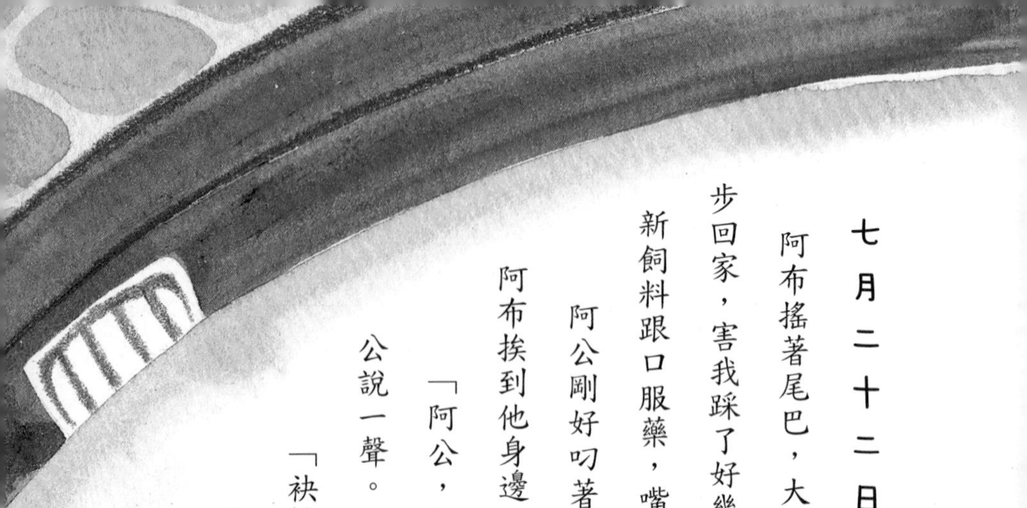

七月二十二日

阿布搖著尾巴，大步伐地往前跑，而繫著牠的牽繩拖著我急速小跑步回家，害我踩了好幾灘地上的小積水。真是的，我另一手還提著牠的新飼料跟口服藥，嘴上忍不住唸唸牠，但心裡卻很開心。

阿公剛好叼著菸，蹺著二郎腿坐在門口的躺椅上，等吃晚餐。

阿布挨到他身邊，嗅了他的褲管，他伸出另一手撥開阿布的臉。

「阿公，阿布要呷這包喔！」我提起阿布的新飼料，跟阿公說一聲。

「袂輸服侍祖公！」

我趕緊牽阿布進屋裡，阿公的心情還跟星期天一樣，新仇舊怨都加在一起了。以前阿布聞他，他

也只是笑笑沒說什麼，剛剛居然要揮牠走開。
阿布，我看寄人籬下的我們倆要自求多福了。

七月二十四日 悶熱

阿布回家後的這兩三天，情況都很不錯。但是阿公跟以前的態度差好多，真的很不友善，動不動就想揮走靠近身邊的阿布，要不然就是在我面前碎碎念，我真怕這樣下去，我會跟他冤家。

七月二十五日

每週都有大事，這週的大事今天發生了。

放學時，我都還沒跟程翎說再見，只見老媽站在教室前門的地方跟我揮手。怪怪，是什麼風又把她吹回來了。

我都還沒開口問，她就走先一步。

「快點，阿公住院了。」

阿公住院!?他硬朗得像頭牛，怎麼會？我加快腳步跟上老媽。

老媽霹靂啪啦地說個不停，說快中午時，老爸接到阿嬤的電話，阿嬤很著急，事情也沒講清楚，她跟老爸馬上請假趕回來，碰巧遇上星期五，國道超多車的，尤其下交流道，還塞車半小時。到剛剛才把阿嬤載回去休息，現在又要帶些東西去醫院，所以順路接我一起去看看阿公。

我反覆思考老媽剛才說的話，重點是阿公怎麼了？有說到嗎？好像沒有！

經過我的提醒，老媽說阿公早上騎腳踏車出門，不小心摔倒，被送到醫院，照X光後，是大腿骨有裂痕。今天先做一些檢查，如果可以的話，明天會開刀，之後還需要做復健。

我跟老媽走進阿公的病房時，感覺時機有點不對。鐵著一張臉的阿公躺在病床上，而老爸坐在旁邊的椅子上，看見我們進來好像看到救星一樣，眼睛都亮起來，立刻幫老媽接手兩大袋的東西。

「阿公……」我想說點什麼打破這僵局，卻被阿公搶話。

「你無轉去服侍恁祖公喔？」

「祖公!?誰？」老媽滿臉疑惑。

「阿布晚點餵沒關係啦！你很在意哩。」最後一句，我講得超小聲，可能只有老媽聽見吧！

我問阿公會不會痛，他說袂死啦。然後他叫老爸老媽趕快回去工作，不要待在這裡。

老爸說他已經用特休請假一週了。

接著又是一陣沉默，就像電視突然按到靜音鍵一樣，沒有任何聲音。

有時候我真的很不懂他們父子間的情感，他們之間的距離拿捏得很怪。像我愛阿布，我疼牠，牠也熱情回饋我。但阿公跟老爸就不一樣，阿公其實很希望老爸可以搬回來住（阿嬤跟我說的），但是每次老爸回來，他又一副要趕人的樣子。加上老爸又不愛說話，阿公趕他，他也不知道回應，只想說既然沒事，那就早點離開。這樣的爛戲碼，真不知道他們還要

演幾次，八點檔都不演了，我看到都煩了。
唉呀！什麼邏輯？再給我三頁白紙，我也寫不出為什麼。

七月二十七日

阿公手術還滿順利的，老爸留在醫院照顧他。老媽因為沒辦法請長假，今天就要回中部。

老媽臨走時，又交代了我一大堆事。下課有空要去探望阿公，順便看老爸有什麼需要。還有，之後阿公出院，要帶他做復健，嘴巴甜一點，不要惹阿公生氣……

明明就阿公自己愛使性子，又不是我惹他的。我跟阿布抱怨，趴在地上的牠抬起頭看看我，眼裡充滿同情，也帶一些無奈。

八月一日

阿公今天出院，手上多了一個叫助行器的東西，最近走路都要用，以免站不穩又跌倒。他一回到家，沙發還沒坐熱，就叫老爸回中部去工作。唉！我想這幾天他們的對話應該就只是在這話題打轉，到現在還沒轉出去。

晚上老爸看似還沒有要走的打算，其實我沒問他什麼時候回中部。睡前，他走進我的房間，說是要看看阿布。

「阿布最近都還好吧？」老爸摸著阿布的頭。

「還不錯，就吃藥跟處方飼料。」

「那就好。」老爸真的是個很沉默的人，就這兩句，他居然沒話講了。

雖然這樣，但老爸陪了阿布十幾分鐘，一下摸摸牠，一下又幫牠搔癢，

阿布也一副很享受的樣子。害我原本坐在書桌前準備要寫日記，只好擱著，先隨便算幾道數學。

老爸離開我房間時，我也沒問他什麼時候回中部，可能沒那個習慣吧！知道那個時間點能幹嘛？沒有好處，也沒有壞處。

八月三日

天剛亮，聽見汽車引擎發動的聲音，應該是老爸回中部去了。

阿公只能在家用助行器練習走路，阿嬤還不允許他外出。可能是助行器的關係，阿布好奇地跟在阿公身後，阿公有點不耐煩，卻沒有空餘的手趕牠走。就像今天氣象主播說的，有颱風形成，但對台灣的影響不大。阿公目前的殺傷力很低，我比較擔心的是阿布跟在他身邊，一不小心把他撞倒，要是這樣，阿布應該會被阿公踢出家門吧。

八月六日

我放學回家後，被禁足的阿公掏出五百塊叫我去幫他買幾包菸，我說便利商店不會賣我的，賣菸酒給未成年是違法。

「誰叫你去西門？去阿麗的柑仔店買啦！」阿公看我還楞著，用助行器走到我身邊，硬將五百塊塞到我口袋，「緊啦！是伊犯法，毋是你。」

吼！我千百個不願意，接近阿麗柑仔店時，躲躲藏藏像個小偷一樣，離門口不到幾步遠，又東張西望一下，最好不要遇到什麼同學或老師，還有我要怎麼買菸？跟阿麗老闆娘說阿公腳斷掉，所以派我來買嗎？阿公是老主顧，應該是……

我認真地思考時，有人拍了我一下肩膀，嚇了我一跳，三魂七魄差點飛光光。

回頭一看，原來是阿嬤，她問我來這裡做什麼，我拿出五百塊，說阿公指派一個任務給我。

阿嬤聽完，臭著臉，進去買了一包菸。

一包菸！可是阿公說要買幾包菸，看阿嬤的臉色，我也不好意思多說什麼。雖然阿嬤平時對阿公都很和順，但在「菸」這個癥結點上，阿公被念又被罵了好幾次。跟阿嬤走在一起回家，阿公應該也不會多說什麼，遇上阿嬤真是太幸運，不然真不知怎麼交差。

晚上吃飽飯，帶阿布去散步，消耗一下精神，免得牠像個隨從一樣，老是跟著阿公進進出出。

八月八日

今天是父親節，但我家的兩個父親，老爸跟阿公都不過節。因為老爸沒回來，大家都不用慶祝了。其實我還滿喜歡過節的，有個好理由可以大吃大喝。

我放學回家後，看到阿布的碗，剩一口肉燥飯!?

「阿嬤！」

阿嬤從廚房衝出來，手裡還拿著鍋鏟。

我問阿嬤，阿布的碗怎麼會有肉燥飯，而且剩一口？我不是說過牠只能吃牠的飼料，誰餵牠的？那阿布現在呢？

阿嬤說是阿公餵的，然後急忙走回廚房，因為瓦斯爐上的火還開著。

阿公餵的！怎麼可能？他們的新仇舊恨那麼多，什麼時候結清的？還

給牠吃肉燥飯？我跟著阿嬤走進廚房，一定要弄個明白。

阿嬤說，早上她買菜回來，經過巷口的麵攤，老闆直誇阿布好英勇。她原本也搞不清狀況，一問之下，原來是阿公沒菸抽，趁著她去市場買菜，拄著那助行器走到阿麗柑仔店，回來時，阿公腳沒力，整個人癱坐在路中央。聽說阿布有跟去，待在阿公身邊，對來往的車輛一直狂叫，除了讓來往的車輛注意到阿公，也引起路人關心，把阿公攙扶到路邊。而她一回到家，阿布已經吃了兩碗肉燥飯。

天呀！是什麼情況!?

阿布搖著尾巴來到我腳邊，一副又是那種剛吃飽的樣子，嘴角還有油漬。阿公接著走進門，看見我，稍微遲疑了一下。

「阿公，阿布袂使烏白呷啦！」

「敢有？」阿公將助行器放一邊，坐上沙發，「攏人呷的。」

吼！阿公還一直說阿布吃肉燥飯比吃飼料開心多了，狗活這麼久，怎麼可以連這麼好吃的都沒吃過，還說我這樣叫牠吃飼料才是虐待牠。阿公越講越激動，又說要是他老了，不要只給他清粥小菜，他寧可吃大魚大肉，吃到血管塞掉……

我都快氣炸了，阿公還在說。我轉身走回房間，阿布居然沒有跟過來。

「你這個叛徒！腎臟壞掉，也不理你了。」我用力甩上房門，今晚不讓阿布進來睡了。

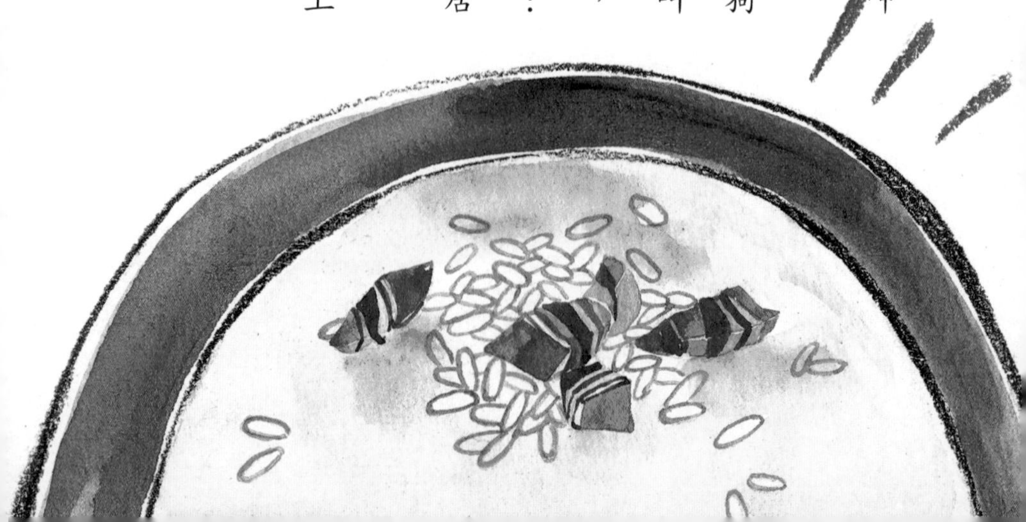

八月十日

這兩天週休，我發現阿公有節制點，至少我看到的時候，他沒再多餵飼料以外的食物給阿布。可是阿布除了繼續盡職地當阿公的貼身保鏢，當阿公吃東西時，牠更是張大雙眼緊盯著，口水都忘了吞，流得滿地都是，偶而撿到一些不小心掉落的飯粒菜渣，高興地尾巴搖到快斷掉，我在一旁大聲制止，牠都當成耳邊風。

我已經兩天沒讓阿布進房間睡覺了，因為牠的行為讓我生氣，到睡前都還沒打算原諒牠。半夜有聽到牠用前腳在抓我的房門，早上起床開門，牠就睡在門邊。想不到牠今天很賊，趁著我去上廁所，沒關好房門，偷偷地溜進來，趴在牠的老位置裝睡。

「唉，其實我也不願意這樣。」我坐在地上摸著阿布，「但是我不希

望今天餵的東西，會成為某天要了你命的殺手，你懂嗎？」

不知道阿布懂不懂，我深深地嘆了一口氣。

八月十三日

今天進教室時，十幾個同學圍成圈圈，不知道在看什麼？正要過去瞧瞧，程翎拿著小紙箱從我身邊衝過去，我跟在她身後，擠進那群同學。原來是隻唉唉叫的小貓，超小的，可能不夠阿布吃一口，大概比手掌大一點點。

「這應該不到一個月。」程翎順手就抓起小貓，搞得女同學們一陣驚呼，「還沒有牙齒，應該還沒斷奶，怎麼會被母貓丟在這裡？下課後帶去給尚醫師看看。」聽著她的判斷，沒有人有異議，但好像也沒人想淌這混水。

「髒死了，我媽說野貓都是細菌。」林強昇不知從哪裡冒出來，也不可以這樣說，這裡是教室，他本來就應該在，只是不討喜的存在。

「又沒人叫你碰！」程翎將小貓收進小紙箱，帶回座位放在椅子下。同學就這樣各自回位置，剩林強昇還站在原地。我真替他感到難堪，他都不覺得要改變一下言行舉止嗎？至少嘴巴不要那麼賤，臉色要和悅點，還有處事要圓融點。

放學後，我跟程翎說著走著，然後我又跟她走到獸醫院了。尚醫師一看到我就問阿布最近情況好嗎？我只能說還不錯，多想抱怨一下，阿公亂給牠肉燥飯，搞得牠飼料都不太吃，但還是忍下來，畢竟這是家務事，應該私下解決。

程翎抱出小貓給尚醫師看，身體狀況大致良好，其他的情況像還沒一個月以及還沒斷奶，居然都跟她在學校說的一樣，讓我不得不幫她按個讚。

然後，尚醫師問程翎有要養小貓嗎？家裡可以養嗎？因為要先驅胃腸道的寄生蟲，之後也要打預防針，甚至結紮，這些花費不便宜。

程翎嘟著嘴，從表情就可以知道，她一定沒想到有這個問題，而且她一定不肯放手。

後來程翎打電話給她姊姊。如果我沒記錯，她姊姊一直想養隻貓，但是因為家裡有白毛狗瞇瞇，加上她媽媽有點怕貓，所以沒辦法養。怪怪？那這時怎麼又求助她姊姊？

我們在候診區等待，程翎她姊姊沒幾分鐘便到了。於是，我們又被念了一頓，大致上就是，為什麼撿貓？你知道養貓的花費嗎？你現在有能力養嗎？家裡有空間嗎？家人會同意嗎？你想過這些問題嗎？

程翎聽到快哭出來了，我想她一開始也是善意，真的沒想那麼多，但是我相信她如果有能力，她一定會做的更好。

還好，尚醫師救了我跟程翎，他剛好看完診，送客人走出診間。尚醫師問起討論的結果，只見程姊姊的態度馬上一百八十度大改變，臉上裝滿笑容，還輕聲細語，我想她一定也是尚醫師粉絲俱樂部或者後援會的人。

程姊姊很客氣地跟尚醫師說，先幫貓驅蟲，她會勸媽媽讓她養在自己的房間，等她改天開學，再帶到宿舍去養，還有請尚醫師一定要提醒她打預防針的時間。

就這樣，事情算是圓滿解決，我跟程翎也學到一個教訓。對有些事情來說，我們現在算是沒有能力的人。

八月十五日 悶熱

暑期輔導到今天結束，我終於又有多餘的時間可以留在家裡，監控那老人與狗。

雖然我每天早上還是給阿布飼料，但是牠總是在遠處冷眼看著，沒有第一時間飛奔過來吃光。而這一週以來，我發現是錯覺嗎？整包飼料的量好像沒有比較少。這星期還要帶阿布回診驗血，真怕那個腎臟指數，到時要是飆高，是要怎樣解釋？

八月十六日 超悶熱

老爸老媽今天回來。老爸一進門就問阿公有沒有好些，結果就是碰壁，原本坐在沙發上的阿公，哼了一聲，拄著助行器走出門。每次老爸跟阿公面對面時，我都覺得快窒息了，只有阿布還傻傻的，搖著尾巴，這邊聞那邊嗅。

老媽提著大包小包走進來，很識相地直接往廚房去找阿嬤。

看著老爸，我突然很想跟他說阿布那包飼料的事，但想想，證據不足，而且說了好像也不能怎樣，單純想抱怨嗎？

「阿布這個月去驗血了嗎？」老爸在我思考時開口，嚇我一跳。

我有點結巴地回答他還沒，腦袋裡卻跳出一碗一碗的肉燥飯，該死的肉燥飯！

下午，我硬著頭皮在老爸的陪伴下，帶阿布到獸醫院報到。

結果還好，阿布的腎臟指數皆在正常範圍。當尚醫師看著報告跟我們說時，我在心裡偷偷鬆了一口氣，好像是偷吃糖的小孩，擦完嘴還是怕被抓到，明明偷吃肉燥飯的是阿布，偷餵肉燥飯的是阿公，我卻要承受這樣的內疚。

「那就好，那就好。」我像個老人一樣碎碎念。

回家的路上，我想這一週我是不是對阿公太嚴苛了，難得他想對阿布好一點，偶而一碗肉燥飯，也才一碗肉燥飯，現在報告看起來，好像也不是什麼大不了的事。那我該怎麼辦？還是睜一隻眼，閉一隻眼，只要不要太超過，就當沒看到吧！有道是，家和萬事興。

晚上老媽問我決定什麼時候去哪裡玩，我推說沒想到，算了，寒假再

說吧！

關於這件事，在這多事的暑假中，簡直被我遺忘掉了。又想到老爸為了阿公，整整花了一星期的年假，而腳斷掉的阿公跟腎臟壞了又好的阿布，他們現在的情況可以出遠門嗎？還是算了，當作沒這回事，不然老爸又要傷腦筋。老媽應該也想到這些，問我的時候，臉上卻顯得有些難處，在我推辭後，她眉頭解開許多。

氣象主播說，這個颱風可能會從東北角過去，各地要嚴防豪大雨。唉，都放假了，才有颱風假，真掃興。

超悶熱的夏天，颱風來了也不錯，因為下雨，天氣涼好睡覺。

八月二十三日

我好幾天沒出門打球，阿布也沒辦法散步，因為颱風就算過了，還是狂下雨。骨頭關節擱著不動，簡直快生鏽，在家裡，怎麼坐都不舒適，睡一整天又覺得太罪過。

阿公對助行器也感到厭煩，在阿嬤面前還會用，阿嬤一出門買東西，他就撐著牆壁，扶著椅背走到廁所或到廚房喝水，我想不久他就會狠狠地把助行器丟上回收車。

每一餐，阿布都用一種極無奈的眼神看著碗裡飼料，然後又用渴求的態度，慢慢挨到阿公的腳邊，阿公卻裝成什麼事都沒有。誰不知道阿布想吃肉燥飯，而下雨天，阿

公沒辦法出門，而我又像守衛一樣，整天在家裡巡邏。

我跟阿公，還有阿布，就這樣，每天在家裡大眼瞪小眼，等著阿嬤叫我們吃飯。

九月一日

開學了。唯一開心的是，雖然換座位，不過程翎就從我的右手邊變成左手邊，還是在隔壁。

我問程翎小貓的事，她說小貓很健康，上個星期姊姊已經先帶去宿舍了。

「妳真的養了那隻流浪貓!?」林強昇這學期就坐在程翎前面，也就是我的左前方。真是有夠嘔的安排，就像阿嬤常說的「有一好，沒兩好」。

程翎裝作沒聽見，問我阿布最近好嗎？

「你家狗!?上次遇到很老那隻嗎？還沒死喔！」林強昇又插話了。

「狗不一定是老才會死，好嗎？你沒聽過棺材是裝死人，不是裝老人的？」程翎搥了一下桌面，原子筆跟修正帶都彈跳起來，我趕緊按住桌上

的東西，怕餘震會掃過來。林強昇是很可惡沒錯，但今天才剛換座位，這麼快就跟「鄰居」撕破臉，好像不太好吧。

「道理是這樣，但年紀大，機會大嘛。」林強昇一副痞樣，實在欠揍。

我不想再聽林強昇鬼扯，趁著還沒聽到上課鐘聲，去上廁所。離開座位，走出教室時，我聽見程翎還在跟他爭辯，看來這學期，一點都不平靜。

九月十日

開學這幾天來，我調整新的作息，上學前跟放學後騰出二十分鐘左右跟阿布在附近走走。以前沒這個習慣，想到才做，一出門就玩兩小時才牽牠回家，可是現在阿布體力變差，不到半小時，就開始喘，不然就賴在地上休息，用水汪汪的眼睛看著來往的路人，好像我欺負牠。

這樣做還有一個原因，我還是害怕失去牠，擔心我們相處的時間不夠，萬一再不做，會成為遺憾。

下午跟阿布散步時，遇到尚醫師。他問阿布最近好嗎？有沒有乖乖吃飼料？

回答第二個問題，我越講越小聲，尚醫師不知有沒有看出我的心虛。

最近我在倒飼料，又有上次那種錯覺，整包飼料好像一直維持在一樣的重

量，看來回家要秤一下那包飼料，抓賊也要有證據，更何況是老賊。

「穩定之後，還是要吃處方飼料跟定期回診。之前我就說過，一旦腎指數高，表示有七成五的腎功能出問題，治療是改善了症狀，但是已受損的腎功能仍無法完全恢復，而是像個分水嶺，讓剩餘有腎功能的地方繼續運作，所以一定要多加注意。」

我在腦子內搜尋，好像有聽過這段話，但是那時驚慌無助，話是聽進去了，但卻沒有把這些話放在心裡，也沒多加留意。我謝謝尚醫師，心裡現在只有一件事，回去一定要秤那包飼料。

飼料：3.5kg

九月十四日

將那包處方飼料往體重計一秤，指針剛好就在3.5附近搖晃，看得我差點沒火山爆發，都四天了，居然連半公斤都沒有少!?

用膝蓋想也知道，早上出門前，我將固定的飼料量倒進阿布的碗，然後阿布不吃，或許連走過去聞一下都沒有，直接到阿公身邊撒嬌，阿公就買肉燥飯給牠吃，但又怕被我發現，所以趁著我放學回家前，又把沒吃完的飼料倒回飼料袋。這也難怪，才過一個月，阿公走路越來越穩健，每天都走到巷口麵攤，這樣的練習很足夠了，還有阿布也越來越黏阿公，不只跟前跟後，連我回到家，兩腳都踏進家門，還沒看到牠那熱情迎接的姿態。此外，我看阿布的腰圍好像胖了一圈，精神旺盛倒是真的，但跑起來就顯得有點笨重。

問題是我怎麼揭開這真相，這也太難了吧！阿公這樣做，不就是試圖掩蓋證據，我若直接跟他說，他會不會惱羞成怒？雖然我之前很期望他可以包容接受阿布，多疼愛牠一些，但這樣做也太超過了。

但整包飼料就是鐵證，根本不知道阿布已經幾天沒吃飼料，肉燥飯都吃飽了！

想找程翊商量，但最近除了放學走出教室，下課時間我們幾乎不交談，只因為林強昇太煩人。什麼話題，他都一副他懂的樣子，不斷插嘴，硬要搶話，非得搞得大家都沒話說，他才肯閉嘴，所以幾天下來，我跟程翊有了不說話的默契。

有時候，我真的好難理解，怎麼有人臉皮厚又沒有自知之明呢？

九月十五日

第一節下課鐘響起，林強昇稍微將椅子往後挪一點，應該正準備拉長耳朵。我懶得理他，昨晚因為阿布跟阿公的問題，想到睡著，然後夢見阿布在吃肉燥飯，而身邊疊起的空飯盒已經快到天花板，害我從夢中驚醒，差點跌落床底。所以我要利用這幾分鐘瞇一下，免得第二堂嚴格格的數學課，又像剛剛一直打哈欠。

這時，程翎拿了一本作業本給我，有點昏沉的我，完全摸不著頭緒，反射性地打開第一頁。

「你好像很累！怎麼了嗎？」程翎秀氣的字。

原來作業本是她開給我的聊天室，真是高招，這樣非邀請的朋友就不能加入了。她應該也感受到林強昇那令人厭惡的深厚功力，之前還跟他爭

辯到血壓飆高爆青筋，我都好怕她會中風。

我拿起筆，想著阿公跟阿布，不對，這一大段的事情寫完都上課了。我只好寫上，「昨天沒睡好，放學再聊，先瞇一下」。

我和程翎坐在小公園的鞦韆上，聽完阿公跟阿布的事，她沉默了好一陣子，我也不好意思打擾她，盪著鞦韆，讓自己稍微放鬆些。

程翎說，聽起來阿公是個吃軟不吃硬的人，我應該更明確地跟他表明，阿布吃飼料比較好的原因，如果不吃飼料，還可以吃什麼？另外，為了什麼不可以吃肉燥飯？太油或太鹹的食物對阿布的負擔有多大？等這些道理都說完，再說說自己這段時間的心情，以及對阿布的不捨，相信阿公應該可以理解這一切。

程翎的想法跟我一開始想的差好多，我本來打算拿著那包飼料就去質

詢阿公，如果行不通，叫他不要餵阿布，因為餵阿布是我的事，不關他的事。

還好踩了煞車，不過要跟阿公講這一大堆話，還真的考倒我了，有時候我覺得自己也遺傳到老爸的寡言。

九月十八日

那天聽完程翎的話，上網找到一堆資料，每天晚上熬到一兩點才關燈睡覺，阿嬤還以為我又要期中考，還幫我準備宵夜。

今天放學回家時，我特地到巷口麵攤買了一些豆干海帶等滷味，花了我快三百元的私房錢。一進家門，放在客廳桌上，阿公跟阿布馬上湊過來。阿公吃了兩三口，連助行器都沒拿，就到廚房去找他庫存的紹興酒。

「阿叡，你中頭獎!?」阿公兩杯酒下肚，開始問我今天發生什麼好事，居然買他最愛的滷味回來。

「阿公，我有話欲講。」

「我知。」阿公停下筷子，問我說是不是要他不准餵阿布吃肉燥飯，然後他自己又回答，早知道啦！

阿公破題式的聊天方式讓我大吃一驚，他應該也發現我忍很久，而且一天到晚結屎面給他看。

「你有看過阿布呷肉燥飯嗎？」

「啥？」我不懂阿公的意思，關於肉燥飯，他不是都招認了，怎麼會這樣反問我？

「你看！」阿公用筷子挾了幾塊豬耳朵給阿布。

阿布簡直瘋狂，尾巴大幅度搖擺，先趴在地上聞，再用前腳撥，然後一口把豬耳朵咬進嘴裡，上下牙齒誇張地咀嚼著，好像豬耳朵是人間美味。吃完後，坐超挺直的，看著阿公，連眨眼都沒有，口水卻不斷地流出。

我跟阿公說，牠很愛，吃得很開心，可是那都太油太鹹，對牠的腎臟不好，造成健康上的負擔。

阿公帶著三分醉意反駁我，說什麼飼料有多好？不要以為他不知道，新聞報出很多狗貓都吃飼料吃死的，說不定阿布這樣吃還活比較久。

我跟阿公說，那些是個案，如果真要這樣說，要天然的食物，對阿布有幫助的食物，那要自己煮飯，水煮蛋，水煮肉去油不加鹽，另外也要燙青菜，還要自己計算飲食均衡……（霹靂啪啦地講了一堆背好的數據）。

「遮費氣!?真正是祖公。」阿公整瓶紹興已經快見底，臉也通紅，「吃飽就好，沒差啦！」

「啥沒差？哪會沒差？阿布擱再按呢吃，早晚就要洗腰子，會死啦！」我話一說完，眼淚也順勢掉下來。

阿公原本又要乾了一杯，手卻停在半空中，「好啦！」喝下那杯酒後，阿公接著說，「菸起價，無閒錢給祖公呷肉燥飯。」

現在寫日記時，我才明白，程翎說的，阿公吃軟不吃硬的意思，而且阿公滿疼我的，說了一堆長篇大論還比不上那不爭氣的兩滴淚。

九月二十日

被寵慣的阿布，天真地認為會有肉燥飯，哪知阿公不只說話算話，還說到做到。一碗乾飼料足足兩天才啃完，或許對牠來講，我是殘酷的。要是這樣想，我真不知道，該把自己現在的心情擺在哪個定位？

九月二十四日

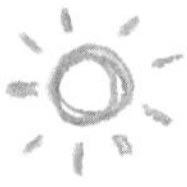

經過這幾天的殘酷，阿布終於瞭解，只有乾飼料可以吃，也慢慢接受這樣的現實，恢復吃乾飼料的習慣。阿公跟阿布之間的互動，並沒有因為缺少了肉燥飯而降溫，阿公更覺得開心，直誇阿布忠心。

家務事解決後，這兩天上課也比較專心。

今天，林強昇帶一隻迷你兔來學校獻寶，讓女同學們一下課便圍在他身邊，看兔子摸兔子，不時傳來「好可愛」的尖叫聲。還好現在我跟程翎有事都寫在作業本，完全不受那些高分貝的魔音干擾。

林強昇可能覺得左鄰右舍都太無趣，居然想出這招吸引女同學跟他聊天，不過他已經有養一隻哈士奇，再養一隻迷你兔，會不會發生衝突？難以想像，也不敢想像，那隻哈士奇可是連阿布都敢頂撞的，何況是一隻巴

掌大，可能還會被電風扇吹飛的弱小動物，或許應該先替牠買份保險比較實在。

九月二十七日

坐在這裡寫日記，驚魂未定的感覺還未散去。想找人聊聊，程翎全家出去爬山，阿公跟叔公去釣魚，阿嬤不知道又到哪去找人話家常。我忍不住轉頭看看趴在床邊的阿布，牠卻一副無事樣。

中午吃過午飯，我突然想起阿布這個月還沒抽血檢查，那陣子的肉燥飯有沒有造成什麼影響，還是得看報告才知道。

等待檢查報告時，我看著獸醫院裡擺放的雜誌，看沒兩三行，抬頭看看護士姊姊，不知道阿布的血液檢查做到哪裡了。我還來不及反應，有人開門進獸醫院，稍微擦撞到我，直接衝進診間。

「醫生。」是林強昇，那人一出聲，我便知道。

林強昇雙手捧著一團毛!?手背下滴……？我沒看清楚，往地上一瞧。

哇！不得了，應該是血！鮮紅色的血！

我回過神，那團毛被裝進小紙箱中，護士姊姊拿著寬版膠帶將小紙箱封起來。

林強昇走出診間。

天呀！我該講些什麼？死了嗎？是那隻迷你兔嗎？你還好嗎？

「死掉了，想不到火化處理那麼貴，省下來都可以再買好幾隻兔子。」林強昇抱著小紙箱走出診間。

「啥？」其實第一時間我沒聽清楚林強昇在說什麼，而我臉上的表情，讓他很不屑，又說了一次，然後他就回去了。

我呆在原地，直到護士姊姊叫我聽阿布的報告。

尚醫師認真解說血檢報告，而我只聽到腎指數正常，心思就飄回那團

診療室

毛。等他說完話，我等不及問他，我同學的兔子，真的死了嗎？

「嗯，被狗咬的，頸椎斷了，胸腔出血，呼吸心跳停止了。」尚醫師說得冷靜，還是比林強昇多點哀傷跟惋惜。

我還是沒辦法想像，一個生命，前幾天還活得好好的，而現在，就這樣沒了，更無法理解，他怎麼會比我們這些外人還要冷漠？就算養不到幾天，也應該有基本的同情心吧！

九月二十九日

還是要寫點事，把那天的日記往前推，不然我一直無法擺脫那團毛的夢魘。本來想跟程翎說的，後來想想還是算了，既然林強昇來上課也沒多提，我又何必八卦，而且這是一件不開心的事，程翎要是知道，一天的好心情也會打折扣。

我在作業本上，跟程翎說，阿布這個月的腎指數正常，也再次感謝她提出讓我說服阿公的方法。

程翎回我，「尚醫師很厲害吧！」

我轉頭看她，又是那個有信心驕傲的表情。

十月十四日

月考結束，每天寫不完的試卷跟參考書堆滿書桌，剛剛整理完才發現日記本的蹤影，一翻開，看到日期，它居然整整放了兩個星期的長假，真是太爽了。剛考完，也沒什麼事要寫的，現在腦袋只想要放空。

十月十八日

老爸不知道在忙什麼，老媽打電話給阿嬤，說這個月可能沒辦法回來。阿公在一旁聽到，直嚷說沒差，都不用回來。阿嬤摀住電話聽筒，叫阿公別吵。

阿嬤掛上電話，又開始唸阿公，說他淨說些反話，看叔公兒子孫子都住在一起，羨慕得要命，自己卻老是把兒子趕出門，不會講話就閉嘴，不要一開口就沒好話。

我見情況不對，阿嬤很少開口，但一開口準會唸個三十分鐘。我還是帶阿布出門散步，留點空間給兩位老人家。

不知道是因為前陣子忙考試，比較少帶阿布去散步，還是牠最近都跟著阿公的步伐生活，這幾天帶牠出門，覺得牠又變老了，走不到十分鐘就

自己坐下休息。這一趟到小公園的路，我等牠喘口氣就等了三四次。

回到家，看見阿公坐在門口的矮凳上抽菸，我問阿公，阿布有什麼不對勁的地方嗎？

「無呀！」阿公連想都沒想就回答我。

我問阿嬤，阿布有什麼不對勁的地方嗎？

阿嬤想了一會兒，說應該沒有，後來反問我，睡多是正常嗎？睡多!?

這我也不清楚，是太累嗎？還是有病？改天遇到尚醫師再問看看吧。

十月二十三日

這幾天，要是在家，我就認真觀察阿布的作息。真的就像阿嬤說的，牠睡很多，以前趴坐在地上，也隨時注意大家的一舉一動，尤其是阿公買肉燥飯給牠吃的那段時間，牠只要發現阿公有要出門的跡象，不論在哪休息，馬上衝過去跟著。但是現在的休息，是牠根本就睡著了，要牠移動或過來，還要很大聲叫牠。

該不會身體又哪裡出毛病了？心肝脾肺腎!?這樣一胡思亂想，腦袋又停不下來，偏偏今天的作業多到要熬夜，擠不出時間帶阿布去給尚醫師檢查。不過還好，牠按時吃飼料，沒嘔吐也沒拉肚子，就只是精神差，應該暫時無生命危險吧！我居然這樣安慰我自己，我不能多想了，數學作業超多，沒寫完，嚴格格不是好惹的。

十月二十五日

尚醫師聽完我的描述後，覺得阿布可能是肝臟有點問題，之後的血檢報告也證實他的懷疑沒錯。阿布的肝臟指數比正常值稍微偏高，腎指數還在正常的範圍內。

尚醫師講解完阿布的血檢報告，我整整當機了一分鐘，才想到該問他怎麼辦。他要我別著急，阿布目前的身體狀況看起來，肝指數的上升可能是受到年紀老化的影響，可以先服藥一陣子，觀察看看。

「不用住院？不用點滴嗎？」我不放心。

「阿布假如不吃飼料，或無法餵藥，才要考慮點滴……」尚醫師話還沒說完，護士姊姊快步走進診間，跟他說，嚴葛青的狗心臟病發作，快到了。

尚醫師跟我說聲抱歉，我很識相地退出診間，在候診區等待著，我的疑問還沒弄懂，阿布的口服藥也還沒拿。

我看著嚴格格抱著一隻白貴賓進來，在護士姊姊的帶領下直接進到診間。

嚴格格很不像嚴格格，她的長直髮毛燥凌亂披散在肩後，戴著黑框眼鏡遮住紅腫的眼眶，居然不是穿著我記憶中的OL套裝，而是一身深色的運動服，完全沒有任何殺氣，倒像個要出門等垃圾車的鄰居阿姨。如果剛才沒聽到護士姊姊念她的名字，我可能認不出她。

尚醫師幫白貴賓打針，以及從嘴巴插進一根管子，然後規律地按壓著心臟，護士姊姊則擠壓一顆橢圓形的球（查詢後才知道那叫甦醒球）。

過了好幾分鐘，尚醫師將聽診器掛上耳朵，應該是聽到心跳，所以他

停下之前按壓心臟的動作，護士姊姊也跟著停下。

老天保佑，白貴賓胸腹部已經可以看見微弱的起伏，逐漸有意識，掙扎要吐出塞在嘴裡的管子。護士姊姊改用一個面罩放在白貴賓的口鼻附近，嚴格格在這期間不知道擦幾次淚，擤幾次鼻涕。尚醫師跟護士姊姊小心地將白貴賓放進氧氣箱，看來嚴格格的白貴賓今天可能要住院觀察了。

等嚴格格的白貴賓狀況穩定，尚醫師走出診間一直跟我說抱歉，我只好一直回答他沒關係。

尚醫師跟我說，阿布還會正常喝水吃飼料，所以可以不用點滴，畢竟能正常飲食是很重要的，而且也沒有其他症狀，可以先靠一些肝藥治療看看，如果沒什麼問題，過兩個星期再檢查看看。

「我老師的狗還好吧？」其實看到嚴格格的狗狀況這麼差，我都快忘

記阿布肝指數上升的問題。

「不是很好。」尚醫師說這四個字的時候，眉頭皺的程度比上次跟我說阿布要驗血還要嚴重，可見白貴賓真的很危急，希望牠能平安度過。

回到家，阿布肝臟的情況我也沒多說給阿公阿嬤聽，只說還要再吃藥，之後再觀察看看。

現在寫日記時，我又想起嚴格格在醫院的神情，如果像程翎說的，一年前白貴賓也曾心臟病發作，那嚴格格已經歷兩次這樣的折磨，換做是我，換做是阿布，我們可以承受得了嗎？看著床邊熟睡的阿布，我實在無法想像那樣的情境，更無法聯想會有怎樣的結果，太可怕了。

十月二十七日

第一節課是嚴格格的數學課，在她還沒進教室時，我胡亂翻著數學課本，心裡面想的全是白貴賓，不知道牠後來怎麼了？有好起來嗎？還是……

高跟鞋的聲響將嚴格格帶進教室，與我記憶中一樣的嚴格格，乾淨俐落將頭髮盤在腦後，燙得有稜有角的套裝，眼神充滿戰鬥力，簡直比訓導主任更有令人畏懼的威嚴。

還好，在她眼底只有一點點的疲倦，沒有哀傷的痕跡。這時我才發現，在桌上被我一直翻的是國文課本，天殺的，差點嚇出一身汗，趕緊收回抽屜，換上數學課本。

放學後，程翎很擔憂地看著我，不斷地問我怎麼了？有發生什麼事？

還好吧？結束一連串的疑問句，接著又拍拍我的肩，告訴我別放在心裡之類的話。

在程翎還沒停下嘴巴的意願時，我在想，我的舉動有這麼容易洩漏我的心事!?還有她居然這樣一眼就看穿了!?

我還在想時，程翎不知何時已經閉嘴，兩個眼睛睜得大大的，直瞪著我瞧。

「就……」我支支吾吾講著阿布的肝指數有點高的那件事。

「還有呢？」程翎像老媽的口氣，讓我不敢遲疑，連嚴格格白貴賓的事都緊接著招供出來。

程翎聽完，才滿意地點頭。我真怕她再問「還有呢？」那我可能連林強昇那團毛的事都會加碼說出來。有時候，真的很討厭只有我一個人知

道，雖然我不長舌，但難保說溜嘴，結果一傳十，十傳百的八卦就出來了。

「我們順便去獸醫院看看嚴格格的狗。」程翎提議。

天呀！我超想掐自己的，幹嘛跟她講這件事，就知道她一定會想去看看。我說不好，嚴格格說不定剛好在那邊，這樣會很尷尬，更何況獸醫院又不是我家灶腳，說去就去。

我說我的，程翎走她的。

嚴格格的白貴賓昨天晚上情況已經比較穩定，所以出院了。聽尚醫師這樣說，程翎臉上藏不住一點失望，不過隨即又給我一個「尚醫師最棒」的表情。

回家的路上，程翎說上星期六去逛夜市時，看到林強昇在賣小動物的攤子閒晃，後來買了一隻刺蝟。

「啥!?」我不禁脫口而出的疑惑，憤怒到握緊拳頭，真是夠討厭的傢伙，買什麼刺蝟!?買了又不會珍惜，到底把那些小生命當作什麼!?

「就刺蝟。」程翎以為我沒聽清楚，又重複說一次。

「喔。」我壓下不爽的情緒，隨便回應一下，內心默默地為那隻小刺蝟禱告。

今天，阿布坐在家門口迎接我回來，搖著尾巴，舉起前腳撲了我好幾下。不知道是睡飽了？還是藥效發揮了？讓牠這麼有精神，摸著牠的頭，一起走進屋內，感覺好棒。

十月三十日

對阿布來說，吃藥真的有差別，這幾天精神明顯變好，出門散步也不會一直要坐下休息。

看著藥袋裡那些藥丸，真是料想不到，小小藥丸功效這麼大。另一方面也擔心，尚醫師提到老化的問題，那是否代表，如果不吃藥，是不是又回到原點，甚至狀況更差。如果是這樣，那就是要一直吃藥，才能減緩老化的情況。我忘了問尚醫師，但這樣想想，好像也離答案不遠了。

沒什麼作業，整個晚上，我都在網路搜尋關於狗的腎臟病肝臟病，還有老化的問題，結果都不是很美麗，讓我又莫名地煩躁起來。阿布躺在書桌旁，睡到都打呼了，牠怎麼可以睡得這麼安穩，好像這些事都不關牠的事。算了，早點睡，反正還有尚醫師。

十一月二日

老爸老媽回來了。

老媽看到我的第一句話，是問候我上個月的月考。真是的，難道都沒有別的話題了嗎？一點都不溫馨的關心。

還是阿嬤好，煮了一大桌的山珍海味，阿公看了也閉嘴吃飯。

下午我躲回房間寫點作業，阿布跟進來，找個位置睡午覺。不久，連老爸也進來了。想也知道，阿公吃飽飯沒事做，在外頭開始轟炸，我的房間成了避難所。

「聽阿嬤說，阿布前陣子一直在睡覺？還好吧？」老爸坐在阿布身邊。

我說有帶去給尚醫師看了，就吃藥觀察。

three years old
rs old
three years

one year old

「吃藥觀察？也是腎臟的問題嗎？」

老爸不像阿公阿嬤，敷衍一下就過去了。我告訴老爸，這次血液檢查是肝臟指數高一點，尚醫師說可能是老化的問題。

「嗯，阿布真的老了。」老爸摸著阿布的頭，然後不再說話。

房間的氣氛很詭異，異常安靜，卻讓我連作業都寫不下去。

「阿叡。」老媽走進來，「你來看這相本。」

相本封面有點褪色，邊邊角角也都有些磨損，老媽說她在整理房間時找到的。奇怪，又不是要過年，大忙人老媽幹嘛整理房間。

一翻開相本，裡面幾乎都是我跟阿布的合照，有的我年紀太小，連我都沒有那時的記憶，像是一歲時，我爬到阿布腳邊，咬了牠一口；兩歲時，我抓著牠的尾巴不肯放手；三歲時，我大膽騎到阿布的背上，摔得額頭鼻

頭破皮。

這相本，我找了好久，以為之前搬回阿公家遺失，難過好一陣子，原來還放在老爸老媽那邊。

老媽說現在大家都用數位相機，也都直接在電腦上看照片，不像以前都還要洗照片放入相本，所以這個老古董就交給我保管，假如不見了，不要找她要。

我狡辯說那是因為搬家才會遺落在她那邊，要是沒搬來阿公家，就不會這樣。我想我踩到地雷，連老媽都接不上話。

剛搬回阿公家的那段時間，我的歸屬感幾乎是零，不知道哪邊才是家，其實現在也差不多，只是適應了，而忽略那個問題。有時候我覺得我的房間，我跟阿布，就是家。

吃晚餐後，老爸老媽便開車回中部去。

十一月八日

我的日記快變成週記。當兵是數饅頭過日子，我是數著阿布的藥丸過日子。

阿布吞藥丸就跟喝水一樣簡單，不過我每天看牠這樣吞，很心疼。熬過兩個星期，找尚醫師幫阿布驗血，想說要是肝指數有降低，或許就不用吃藥了，畢竟這兩週以來，牠的精神已經好很多。

血檢報告卻打敗我這個小小的希望，肝指數與兩週前差異不大，仍是超過正常範圍。尚醫師建議要再吃藥，否則擔心老化速度加快，甚至引起腎臟原有的問題。

「還要再吃藥。」我看著阿布，牠也正看著我，我告訴牠，我們往好的方面想吧！至少吃藥可以改善嗜睡精神差的症狀，可以再活久一點，既

然這樣我們就配合點吧！

走出獸醫院時，在門口又遇到林強昇。他牽著那隻哈士奇，不知道是沒看到我，還是發生什麼緊急狀況，沒打招呼就進獸醫院。不過我好像瞄到哈士奇嘴唇上有怪怪的東西，插著斷掉的牙籤？

想到程翎提過林強昇買的刺蝟，看來，那有可能就是刺蝟的刺，真是糟糕。

十一月十一日

回家功課越多，就知道離月考的日子不遠了。看著阿布睡在我腳邊，真是羨慕。眼看時鐘快到十二點，眼皮都塌掉一半，作業還沒寫完。

唉……

十一月十五日

趁著帶阿布出門散步，繞到獸醫院拿兩份口服藥，怕下下星期要月考，沒時間過去拿藥。

一回到家，阿公看到我手上的藥袋，就問：「祖公又擱呷藥呀？」

我隨便回應一下，怕阿公等下又反對給阿布看醫生吃藥。

阿公接著跟我說，阿布這樣不行，哪有身體靠藥物一直撐著，這樣會像那個誰誰誰，早晚會扛去種，那些藥物都是化學合成，吃多了還是靠肝腎代謝，西藥不是不好，但它只能救急，像阿公骨頭斷了，西醫有辦法，但今天要是筋路的問題，還是要中醫慢慢……

「阿公。」我趕緊打斷阿公沒完沒了的話，他今天心情一定很好，不然才不會說這些五四三的，「阿無，要按怎辦？」

阿公想了想，跟我說，放心，他會幫阿布想辦法。

真不知道老人家又有什麼花招，不過阿公講的道理好像也沒錯，我得承認他吃過的鹽肯定比我吃過的飯多很多。說不定除了吃草外，他還真能變出什麼偏方。這樣想，我又燃起一點希望。

十一月二十一日

下週要月考了，沒時間也沒什麼事寫日記。還好，我記得早晚餵阿布吃藥，當然，偶而也是會漏掉一兩次，沒關係吧！我想應該要在每包藥上寫上日期，要不然，有時候我一忙，就陷入忘了是有餵還是沒餵的窘境。

十一月二十六日

考完試，晚上沒事做，算一下阿布的藥，總共多出四包，應該是真的忘記。有時候阿布看起來都正常，讓我鬆懈這份規律定時的工作。

我開始對獸醫院那台血檢機，有某種程度上的偏見，明明阿布精神食慾都正常，驗出來的數值怎麼會超標呢？會不會是太久沒有校正？

十一月二十七日

回家時發現一件怪事，阿布的碗裡約有半碗黑得不見底的液體!?昨天晚上阿布吃完飼料，我才剛洗過碗，髒也不至於讓整碗水變黑色，而且好像還冒煙。

阿公從廚房走出來，手裡拿著湯匙，揮手叫阿布。

「阿叡。」阿公注意到我，改揮手叫我，「給祖公趁燒喝。」

我走到阿公身邊，他將湯匙遞給我，並指著阿布的碗。

「啥!?」我走近一聞，超濃的中藥味，差點讓我把胃吐出來，「這啥？」

阿坐在沙發翹二郎腿，得意地說那帖中藥顧肝養腎，補氣排毒，還有通血路強筋骨，柑仔店阿麗的伯公就是吃這帖，活到快一百歲……

真有這麼神嗎？我深吸一口氣，憋氣，端起那碗與墨汁一樣黑的水。

看了好幾秒，想說會不會發光發亮，但事實並沒有。

阿公叫我放心，說早上買一帖，三碗水煎成一碗水，而他自己已經先喝掉半碗，到現在整個人精氣神都來了，所以特別留半碗給阿布。

真的？假的？拿湯匙怎麼餵？我跑進房間找出之前要灌阿布喝水的針筒。

那半碗中藥味超重的黑水，我一手捏鼻子，一手拿針筒抽那中藥湯。花了快一個小時，才讓阿布喝完那半碗中藥湯，簡直折騰我們倆。我癱在沙發上，看著趴在地上的阿布，觀察牠的精氣神什麼時候來。

突然間，阿布充滿精神站起來，抖擻身體，往廚房衝。我高興到從沙發跳起來，阿公說就是這樣。

但是，我聞到一股蒜香醬油的味道。什麼精氣神！根本就是阿嬤在廚房滷肉啦！

十二月三日　涼

天氣變涼爽，擔心身體才剛復原的阿布，會禁不起即將報到的冷氣團，向阿嬤討幾件不要的小毯子，鋪在我房間的地上，讓牠晚上可以睡得溫暖。

想不到，短短幾天，阿公那帖精氣神的中藥逐漸發揮功效，阿布每天喝半碗，精神好到我都忘記餵牠吃尚醫師的藥丸。牠散步時間不再拖拖拉拉，還會小跑步，原本縮減成二十分鐘，現在只夠牠暖身吧！讓我不得不佩服老祖宗們的厲害，阿公看到這成果，驕傲到尾椎都翹起來。

但是，有兩個問題，我不敢帶阿布去複診驗血。因為我已經遲了好幾天沒去拿藥，萬一尚醫師問起來，要回答阿布在吃中藥嗎？再來就是，阿布現在看起來很好，幾乎是沒生病前的樣子，萬一驗血還是肝或腎指數

高，這也很矛盾，那牠又要開始數藥丸吞藥丸過日子嗎？裝作我很忙，忘記這件事，反正阿布現在很好很正常。

十二月六日

我氣到發抖，連現在寫日記，手還在抖。

老爸老媽要走也不說一聲，要回來也這麼隨性。當我正拿著針筒灌阿布喝那帖精氣神中藥時，老爸剛好走進來。阿布看到老爸，高興地搖著尾巴，掙脫我的手上的針筒，打翻那碗中藥湯。

我楞了一下，看著在一旁的阿公，他揮手示意要我先收拾。

「阿布喝啥？」老爸問。

「中藥。」阿公答。

我拿著拖把，清理阿布打翻的中藥湯，耳朵卻注意著老爸跟阿公。

「中藥!?」老爸提高音量，「尚醫師開的嗎？」

「我去買的。」

「是按怎給阿布喝中藥？」

「有效呀！」阿公超理直氣壯的。

老媽很不是時候地走進來，還提著大包小包，看到我在拖地，叫我先幫她把東西提進去。

我終於有個好理由可以逃離這現場，連應聲都沒有，就趕緊幫老媽提那大包小包，接著，我用極緩慢的速度來做這件事，進房間，將東西輕放在地上。

可是，當我回到客廳時，整個空間只有阿布走路時腳趾甲敲到地板的聲音，我墊腳尖，打算先回自己的房間。

「阿叡。」老爸的聲音讓我定格，「阿布還有再回去獸醫院複診嗎？這次驗血報告怎樣？」

我支支吾吾了好久，講不出一個完整的句子。

「祖公目前比牛勇健，是按怎要去獸醫院？是按怎要花錢驗血？」阿公幫我回答。

老爸問我，尚醫師知道阿布喝中藥的事嗎？有說可以喝嗎？會不會喝了有什麼影響？

我還是回答不出來。

阿公比老爸提問題更大聲，「祖公要吃啥喝啥攏要請示醫生!?擱不是要埋呀？方位時辰攏要問地理師。」

「你沒跟尚醫師說，也沒去驗血，你有沒有想過這中藥說不定會害了阿布!?」老爸不理會阿公，用國語跟我說。

害了阿布!?老爸怎麼會這樣指控我？我生氣地跟他說，他不懂阿布現

在有多好，比生病時好太多，不但恢復之前的散步時間，還會小跑步。他根本不知道我跟阿公有多努力，灌中藥湯比餵藥丸難多了，更何況他知道阿布總共吞多少藥丸嗎？他明白我在第一時間知道阿布的驗血報告，那種壓力有多大嗎？他只要出錢付錢，但是面對阿布的是我們，照顧阿布的是我們。

我說完，轉身回房間。

晚上本來不打算出房間吃飯的，誰知道阿嬤煮了一大桌的豐盛晚餐，香味就從門縫飄進來，害我只好投降。

吃飽又馬上回房間，老媽來敲門說有事要跟我說，我跟她說我想睡了。

老媽沒勉強我，就離開了。

十二月七日

老爸老媽早上就回中部去了。我連一句話都沒跟他們說，阿公好像也是，倒是阿嬤一直講一直講，企圖化解尷尬。

阿公跟我說，老爸既然對中藥這麼反感，那我們就先停一陣子，反正阿布現在情況不錯，再觀察看看。

我很訝異阿公會這樣說，因為感覺我們是占上風的，不過這樣也好，那帖精氣神中藥味道超差，阿布是還喝得下，可是我餵得都想吐，搞得我整雙手都是中藥味，尤其是指甲縫，我老覺得洗不乾淨。有一天，程翎還問過我，最近怎麼都有一股中藥味，我只能推說阿嬤為了我，在煮轉大人的中藥。我哪敢讓她知道阿布在喝什麼精氣神中藥湯！

十二月八日　冷

晚上老媽打電話來找我，問我還好嗎？我回答，還不是都一樣。

老媽又開始嘰哩呱啦講個不停，說什麼老爸會這樣說，也是擔心阿布，不要認為他不在我們的身邊，就否決掉他的關心，阿布也是他養大的，當初我要帶回阿公家，他很捨不得，但是想想應該要讓給我。而上次阿布生病，老媽一告訴他，他連夜就趕回來……

我只有一直「喔喔喔」的份，或許，我真的不懂老爸關心的方式，尤其長大後，老媽就像我們的傳聲筒，很多事情得藉由她，好像我跟老爸講的是不同國的語言，還需要翻譯。可是記得很久很久以前，沒有這樣的情況，我跟老爸一起打球，一起騎腳踏車，還有一起幫阿布洗澡，我們有講不完的話，而現在，那些話都到哪去了？會不會有一天我跟老爸的對話就

像他跟阿公一樣？只剩下爭執或沉默在對立，想到這裡，我的心裡緊張了一下，之前我還在想他們間的問題，那麼複雜，現在相同的問題給了自己一個巴掌？

「阿叡，你有沒有在聽？」老媽超大聲的，可能我想得太入神，忘了回應「喔喔喔」。

「有有有。」我改用「有有有」，老媽很滿意，不過糟糕的是，她之後講什麼，我一個字也沒聽進去。算了，應該也是那些要體諒老爸的辛苦，多為他著想之類的叮嚀。

十二月十二日　冷

上學途中，我在早餐店遇到尚醫師了。寒流來襲，我除了制服外套，還多穿一件羽絨外套，披圍巾戴口罩，居然還被認出來。

尚醫師先跟我打招呼，接著問我阿布最近好嗎？

我說阿布很好，前幾個星期阿公給牠吃中藥，效果不錯，精神好很多。看尚醫師沒有多大的反應，我心虛地問他，這樣可以嗎？

尚醫師說觀察看看，如果沒什麼副作用是可以的，因為有些獸醫師也會用中藥，不過有空還是帶到獸醫院驗血檢查……

我想老爸跟尚醫師的態度也差太多了吧！如果老爸這樣跟我說話，我的反彈應該不會那麼大。

十二月十三日 冷

天氣超冷的，加上今天是星期六，賴在床上的我不想離開溫暖的被窩，於是直接更改阿布冬天的散步時間，取消平日早晨散步，假日則需等太陽露臉或十點過後。另外，下午的散步時間，視當天氣溫決定。

我向床下的阿布宣告新規則，牠睜開眼看我一眼，然後又閉眼繼續睡覺。我想牠沒有異議，新規則就這麼通過。

結果今天太陽只有中午露臉兩個小時，之後又神隱。

下午，原本想說帶阿布去散步，門一開，冷風進來，我頭痛到後悔，想說偷偷地把拿在手上的牽繩收回櫃子，結果阿布正看著我，只好硬著頭皮帶牠出門。

我把能穿的衣服外套都往身上攬，好怕跌倒爬不起來。這種天氣還出

門散步，應該會被說瘋子，結果到小公園就遇到另一個討厭的瘋子。

林強昇跟他的哈士奇在跑步!?不，是他的哈士奇朝我跟阿布衝過來，而他整個人喘吁吁被牽繩拖著跑。

阿布也發覺不對勁，背毛都豎起來，我縮短牽繩，用力牽制住牠。

哈士奇都快到我跟阿布面前，林強昇才拉住牠，害我緊張又生氣，多層外套衣服內的皮膚汗腺正加速分泌，萬一兩隻狗咬起來，還真不知道該怎麼辦好。

「你也來散步。」林強昇那種休閒的口氣，讓我超想轉身走人，難道他不知道剛才有多危急嗎？

「嗯。」我隨便回應，眼睛忍不住停留在哈士奇的嘴唇，記得上次在獸醫院門口看到牠的嘴唇上有刺，現在看起來倒滿正常的。

「看什麼？」

可能我看得太專心，引起林強昇的注意，只好說出上次在獸醫院門口，有遇到他。

「喔，就牠白目，去咬刺蝟呀！」

果然跟我想的一樣，什麼人養什麼狗，牠白目，林強昇也很白目。

「下次我要養條蛇，看牠敢不敢咬!?」

林強昇這樣講，我聽起來，有讚賞哈士奇的行為。我想，這樣的傷害會不會是在他的默許下發生的，這也太可怕了。生命對他而言，到底算什麼？

我說我有事要先走了，他還不忘問候阿布這麼老怎麼還沒死，他的言行真讓人很反胃。

十二月十五日　冷

明明離過年還有一段時間，阿嬤居然開始在大掃除!?一下子問我國小那些參考書還要不要留，過沒多久又整理出一箱我早就穿不下的衣服。

奇怪了!?家裡明明還有一間空房在當儲藏室，再加上老爸老媽不常回來，那房間簡直就像客房，這樣的空間，沒在用的東西先堆放著就好，阿嬤幹嘛急著把它們整理成箱？然後，還馬上賣給回收業者或者送親朋好友，好像這些東西都很占空間，害我心裡很不是滋味，有種房東要趕房客的感覺。

還好，阿布沒喝中藥湯的這幾天，精神仍然不錯，讓我暫時不去想阿嬤大掃除的原因。倒是阿公看著阿嬤忙，還敢碎碎念，真不知道他哪條筋又礙到了。

十二月十八日

氣象局說天氣逐漸回溫，但早晚還是寒冷，是這樣嗎？房間牆上的溫度計，只不過從十八度回到二十度。

早上要從被窩出來，還真的需要勇氣。看阿布比我早睡，比我晚起，我要出門上學前，牠還在牠的小毯子上夢周公，我就覺得很嘔，為什麼當人這麼辛苦？為什麼當狗這麼輕鬆？

想想，原諒牠，如果是我，也不想一大早起來刷牙洗臉，換制服吃早餐去上學，而是能睡多久就多久，最好連早餐都省了，等阿嬤叫我吃午餐。

自從上次在小公園遇到林強昇後，這幾天下課，他總是轉過來找我聊天，逼得我用尿遁來逃避，真怕同學們以為我膀胱無力。

程翎將作業本拿給我，上面寫著「他跟他很熟喔!?」。

看著那幾個字，我忍不住苦笑，該不會是林強昇也這麼認為，為什麼會有這樣的認為？我想了半節國文課，因為那天在小公園，我沒有反駁他嗎？要是程翎，一定跟他槓上，所以我被他歸類成他的朋友嗎？

天呀！我想不出來該怎麼辦才好，我被我討厭的人歸類成他的朋友！

十二月二十日

阿公一大早就跟叔公去釣魚，本來想跟去的，但太早太冷了，我窩在床上爬不起來。

阿嬤持續在大掃除，看到我放假，吩咐要打掃房間，把堆放在角落的雜物整理一下，沒在用的東西，看要不要回收或送人。我滿心不甘願，拿著掃把在房間閒晃，好像打擾到阿布睡覺，牠抬頭看了我一眼，似乎在抗議。

「好啦！好啦！」我把掃把放到門邊，「我們兩個才是最大的雜物吧！」

我忍不住地抱怨，阿布則繼續睡覺。結果阿布睡了一個早上，而我也沒做到什麼事。

吃過午飯，趁著還有太陽，帶阿布出門走走，還好這趟路很順利，沒有遇到不該遇到的人。回家後，順便幫阿布洗澡，幫牠把毛吹乾，太陽又下山了。做完這個大工程，阿布跟我都累壞，阿布趴在我的床邊休息，聞到牠身上那洗毛精沖洗後殘留的香味，還滿有成就感的。

十二月二十二日 冷

一起床，就感覺到這波冷氣團的威力，還好今天有體育課，可以直接穿運動服上學，所以我昨晚便穿著運動服去睡覺，而且連襪子都穿好了。

因為阿布還在睡，我墊腳尖，拿起書包，靜悄悄地走出房間。

不知道阿布會不會怕冷，應該幫牠買件衣服。才這樣想，放學回家，阿布在門口迎接我時，就穿著一件衣服，看起來應該是人的衣服，下擺太寬還用橡皮筋綁著。原來是阿公下午要出去買菸，阿布要跟去，阿公怕牠著涼，去翻出阿嬤整理好要送人的舊衣。

「阿叡，祖公最近水喝少喔！以前攏會討，這陣攏無。」阿公說。

「我知。」可能最近太冷，牠睡超多，不太愛走動，也不會渴吧！說真的，這幾天我也不太喝水，剛喝完還好，等到膀胱脹大要上廁所時就覺

得麻煩。

我趕回房間，準備寫今天超多的功課。

十二月二十三日　冷

今天早上要倒阿布的飼料時，碗裡還有剩一些，奇怪，天氣冷應該吃比較多。我回房間，看阿布還在睡。

出門前交代阿嬤，幫我注意阿布幾點起床，什麼時候吃完飼料。

回家時，阿布沒在門口迎接我，太冷了嗎？

阿嬤不在家，可是阿布的碗裡還有飼料，量還不少，甚至可以說跟我早上倒的差不多，該不會早上的還沒吃吧？我開始有點擔心，阿布該不會又生病了吧？我回房間，阿布仍窩在小毯子上，看見我回來，牠站起來搖尾巴，走到我腳邊，磨蹭我的褲管。

「祖公。」阿公在客廳大叫，阿布聽到後完全把我拋腦後，迅速跑出房間。

我走到客廳，阿公正打開一盒肉燥飯。

「阿公。」我帶著苛責的口氣叫阿公。

「肉燥飯試看覓？祖公今仔日攏不要呷飼料。」阿公說著，手連忙弄些肉燥飯到阿布的碗裡。

不到兩三分鐘，阿布沒幾口就將肉燥飯連飼料吃光，然後抬頭看著阿公手上剩半盒的肉燥飯，我跟阿公苦笑著互看一眼。

「阿布揀食啦！」我有點不高興，但想想還好阿布只是挑食。

十二月二十四日　冷

聖誕夜，老天給我的禮物，我倒希望只是一場愚人節的鬧劇。

阿布又住院了！

我回家時，牠沒坐在門口等我，也不在房間小毯子上睡覺。我想來想去，牠大概是跟阿公出門散步吧！

電話響起，阿公打回來的，他說打了好幾次，怎麼都沒人接，阿布在獸醫院驗血，可能需要點滴……

我一聽到阿布在驗血跟點滴，沒等阿公說完，就跟他說，我馬上過去。

阿公說，阿布今天早上精神很差，我上學前倒的飼料，牠起床後連看都沒看。阿公想會不會像昨天一樣，在挑食!?中午便去買肉燥飯回來，結果牠也沒什麼興趣，喝點水又回去躺在小毯子上。阿公看阿布那樣，下午

又到巷口麵攤去買豬耳朵，阿布不領情，整包滷味連聞都沒聞。

阿公覺得不太對勁，狗怎麼可能放過眼前的美食，於是把阿布拖去獸醫院。

結果血檢報告上的數據不是很好，尚醫師說肝腎指數都超過標準值，可能之前老化的問題，加上這陣子天氣冷，水喝得少，所以不只肝指數，連腎指數又上升了。

聽到這樣的結果，我的腦筋一片空白，根本就沒有準備好，如何去應付這樣的事發生，甚至接收這樣的結果。

「按呢要住院嗎？」阿公問。

尚醫師說要，至少這幾天要點滴，再看看腎指數是否會降，有可能會照超音波了解腎臟功能剩多少……

我沒有心情聽尚醫師說什麼，走到住院區的鐵籠旁，阿布看起來好像很累。我剛到時，牠只是趴著，抬頭看看我，微微地搖尾巴。

「今晚你要自己住這裡了。」我突然想到一件事。

我衝回家，拿那件小毯子。

「你就跑回去提這!?」阿公看我拿小毯子衝回獸醫院，不斷搖頭。

我幫阿布鋪好小毯子，多了小毯子，鐵籠感覺也不會冰冷，我安心許多。我瞄了一下樓上的鐵籠，還有一隻狗。這樣也好，還有別隻狗陪著。

阿公催促我要回家了，不然吃飯時間一到，阿嬤找不到人會發飆。

我跟阿公走在回家的路上，我跟阿公道謝，謝謝他送阿布去醫院，而不是去吃草。阿公罵我三八，阿布連肉燥飯都不吃了，怎麼會吃草？當然要送獸醫院。還叫我打電話跟老爸說阿布的事，他說能做的他都做了，電

話就要我自己打。

我按好電話號碼，這次多希望是老媽接的，結果是老爸。

「爸，阿布又住院了。肝腎指數都高，這幾天要住院點滴。」我沒多說什麼，因為在獸醫院我也沒專心聽尚醫師說。

「嗯，我知道了。」老爸說。

就這樣!?老爸的答覆居然這麼簡短，我也無法接話，不知道電話那頭的他在想什麼，有什麼感受，只好跟他說再見。

床邊沒有阿布，我突然覺得自己好孤單，這是我的房間嗎？

十二月二十五日 冷

坐在教室一整天，只有手錶上的時間提醒我還有多久下課放學，我在意的也只有這個，因為不知道阿布的情況有沒有好轉。

最後一節課的下課鐘聲響起，我把桌上的課本及文具都塞進書包。豎著耳朵，等老師一說下課，我立刻從座位彈跳起來，往門口衝。

「你好。」護士姊姊正在住院區，幫阿布整理小毯子，「剛下課嗎？」

「嗯。」我回應，順便問：「阿布今天精神好嗎？會吃了嗎？」

護士姊姊說，因為沒有嘔吐，有嘗試著餵牠，不過牠沒什麼食慾。

這樣聽起來好像不太妙，我蹲下，隔著籠鐵摸阿布的頭，牠張開眼睛看著我，尾巴有氣無力地搖晃兩三下。

「阿布生病喔？」程翎的聲音嚇了我一跳，她蹲在我旁邊，我竟然都

沒發現。

我說了阿布這幾天的情況，卻沒有因為說出口而比較輕鬆。程翎不斷抱怨我有事不說，在學校就看得出來，每節課都在出神發呆，有一節還拿錯課本，叫了我幾聲都沒反應，還好老師也沒發現。

有這種事嗎？我不太清楚。我現在只知道，阿布狀況很不好，讓我混亂的心情更糟糕。

「沒事的，尚醫師很厲害的。」程翎安慰我，但好像沒有什麼效果，「喂!?這不是嚴格格的白貴賓嗎？住樓上這隻狗呀？」

是嗎？我知道阿布的樓上有隻狗，是嚴格格的白貴賓嗎？我沒注意。

「牠怎麼也住院了？為什麼牠鐵籠的門是玻璃門？好像有點喘？」程翎一連串的問題，我哪知道呀？這些都不是我關心的事。

我在獸醫院陪著阿布，直到阿嬤打電話來找人。尚醫師要我放心，先回去吃飯，晚上關店前想過來都可以。

看阿布這樣，我也沒心情吃飯，不過還是回去向阿嬤報到一下，以免惹她生氣。

跟阿公阿嬤吃完飯，我打電話給程翎，因為我根本不知道今天有沒有回家功課。

被程翎念了十幾分鐘，知道沒有什麼功課，掛上電話，我又往獸醫院跑。

一直到了尚醫師要關店，我才離開。

回到家，已經九點多了。我忙著洗澡，忙著寫功課，忙著整理明天該帶的東西，忙著寫日記。

到現在，我才驚覺自己一直在裝忙，害怕所有動作停下來，會想起床邊沒有阿布的陪伴。

十二月二十六日 冷

嚴格格今天下午的課突然請假，讓我們連上了四節班導師的國文課。

放學後，我還是先到獸醫院探望一下阿布，牠看見我，搖著尾巴，會想站起來，感覺比較有精神。這樣明天的驗血，我就比較放心了。

我抬頭看一下樓上鐵籠的白貴賓。嚴格格的白貴賓!?不在了。我突然感到慌張，在住院區到處張望，看是否有任何線索。鐵籠內乾淨得就像牠不曾存在過一樣，程翎昨天說的玻璃門也換回柵欄式鐵門。

最後發現，角落多了一個紙箱，我的背脊逐漸涼起來。護士姊姊剛好走進來，抱起紙箱，我不敢多問，跟在她身後。看著紙箱交給一個先生，然後由箱型車載走，車門板外有著寵物火化的字。

我楞在原地，好久好久，滿腦子都是那隻白貴賓縮在鐵籠的角落，仰

著脖子，不斷地喘息。

尚醫師拍我的肩，我才回過神來。

「牠……」我的話卡在喉嚨，不知道該怎麼問。

尚醫師說，紙箱裡是數學老師的那隻狗，這幾天狀況變很差，就算打針吃藥吸氧氣也無法減緩心臟的負荷。老師昨晚關店後有來看過牠，走時交代要是心臟病再發作，就讓牠回去了，不需要急救。今天中午休克，通知老師來看牠最後一眼……

我別過頭去，張大眼睛，讓眼眶可以容下更多淚水，那隻白貴賓被救回多少次，吃了多少藥，挨了多少針，而嚴格格下多大的決心才說出不需要急救，我不敢推算他們彼此間承受的折磨有多少。

「牠走得很安靜，就像睡著一樣，至少現在牠是個無病無痛的小天使。」尚醫師說著，我相信，也在心裡祝福牠。

十二月二十七日　冷

今天星期六，我以為老爸會回來，結果沒有。

阿布的血檢報告跟三天前差不多，也就是沒有比較好，也可以說還是不好。尚醫師幫阿布照超音波，右腎已經萎縮無功能，左腎還有一些，所以目前要注意左腎的情況，如果腎指數有降，情況會比較好些，要是沒降，隨時都有可能因為腎衰竭死亡。

尚醫師的話算是病危通知嗎？

我坐在阿布鐵籠前的小椅凳，阿布看著我，我卻說不出任何一句可以激勵牠的話。剩下一個腎，還不是健康的腎，還有什麼比這更糟的？現在也不用管牠的肝老化得怎樣，因為光是腎臟的問題就可能讓牠……

我不敢再想，我真的好害怕失去。

「祖公。」阿公的聲音阻止了我的亂想，他提著一碗肉燥飯跟豬耳朵。

我跟阿公說，阿布不能吃那個，而且這裡是獸醫院，這樣光明正大的餵食也太說不過去了吧！

阿公回答我，這時候不吃，什麼時候吃，現在愛吃什麼就給牠吃什麼，還怕牠不吃呢。

我想想，阿公說的也對，阿布現在這樣，不要說是肉燥飯，就算想吃牛排，我也會衝去買回來給牠吃。

阿布舔了幾口肉燥飯，咬了一小塊豬耳朵。光是這樣，我看得都快哭出來了，這幾天，牠幾乎都沒吃，只靠點滴在過日子，之前圓滾滾的腰圍，現在都看得出來有腰身了。

阿公說他還要去買那帖精氣神的中藥回家煎，提醒我吃飯時間記得回

家吃飯，不要讓阿嬤找不到人。

看著阿公匆忙離去的背影，我對老爸的缺席好生氣。林強昇覆蓋掉阿公離去的背影!?只見他抱著哈士奇衝進獸醫院，真不曉得這次又怎樣了？

待在獸醫院簡直就像看恐怖片，除了心臟要夠強，隨時還要做好心理準備。我原以為，不管林強昇家大小寵物發生什麼事，都不會嚇到我，結果……

「醫生，我的狗被車撞了。」林強昇大叫，並將哈士奇放在診療台上，牠整個身體癱軟，沒站起來。

尚醫師接過手，戴起聽診器找尋哈士奇的心跳，並翻開哈士奇的嘴，整個牙齦是白色的，「胸腔很嚴重的內出血，心跳很微弱。」

尚醫師馬上幫哈士奇打針，護士姊姊拿出一根管子，比之前嚴格格那隻狗用的還要長。護士姊姊扳開哈士奇的嘴，尚醫師正要把管子插進嘴裡時，哈士奇吐出一大灘血。

「醫生，你要救救牠。」

我回過頭看林強昇。這是林強昇嗎？他哭喪著臉，吸著鼻水，原本那自以為是的屌樣都不見了。

我拿了些衛生紙給林強昇，很想跟他說尚醫師很厲害的，但哈士奇看起來真的很糟，就算尚醫師很厲害，畢竟他也只是人不是神。

「都是我不好，帶牠出門，沒用牽繩，不知道牠看到什麼，往路上衝，我怎麼叫牠，牠都不回來……。」

「沒有心跳。」尚醫師說，手仍規律地幫哈士奇按壓心臟。

永遠睡著了嗎……

林強昇聽到「沒有心跳」，崩潰地大哭，一直說是自己害死牠的。

而我像是靈魂被抽離，漂浮在這個空間，看正在發生的這件事。

過了好久好久，哈士奇被裝進一個大紙箱裡，護士姊姊撕膠帶的聲音才把我拉回現實，我從護士姊姊要黏膠帶的縫隙看見哈士奇，就像睡著一樣，只是漸漸沒有體溫，不會再醒過來，不會吠叫，不會再奔跑。

林強昇的爸媽來了。

我走回住院區，安靜地待在阿布的鐵籠前。

阿布抬頭看我一眼，仰著鼻子，嗅著周遭

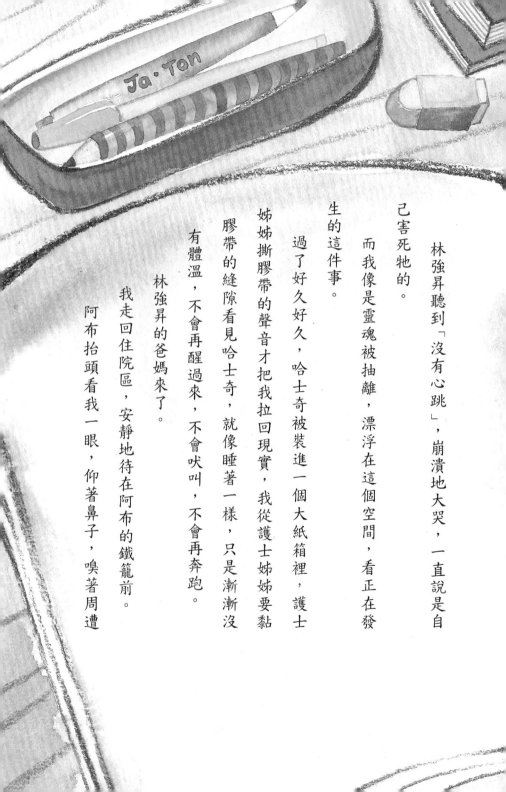

的空氣，牠發現了嗎？有隻狗剛過世了，而牠也認識那隻狗。

「你的那隻老狗，還沒死喔!?」

惹人厭的林強昇出現在我背後，要不是他有些鼻音，我還真想揍他，現在的我，現在的阿布，開不起這樣的玩笑。

「喂！你養幾年了？」

「十四年。」

「好好，我才養三年，想不到……」林強昇沒再說了，他走出住院區。

想不到什麼？生命的脆弱嗎？兔子沒讓他當一回事，刺蝟也無法讓他警惕，導致今天哈士奇的喪命。

我坐回小椅凳，看著阿布，那我有什麼「想不到」的嗎？恐懼又開始回來籠罩著我的四周。

十二月二十八日

吃完早餐，我便到獸醫院門口，等尚醫師開門。

一開始以為是這幾天我沒睡好，不斷聽到貓叫聲，後來想想會不會是獸醫院裡面有貓。

等獸醫院的鐵門緩緩升起，我要進去時，發現旁邊有個紙箱，紙箱上留著一張紙條，「請好心的獸醫院收留牠們」。

尚醫師看著紙箱跟紙條，摸頭苦笑，蹲下身抱起那紙箱，走進獸醫院。我跟在他身後，看他該怎麼辦。

「可憐的小傢伙，怎麼辦？」尚醫師打開紙箱，裡面共有三隻小花貓，與程翎上次撿到的差不多大小。

尚醫師先幫牠們檢查身上有沒有跳蚤，然後又用顯微鏡檢查糞便有沒

有寄生蟲卵。

「怎麼辦？」看尚醫師不說話，我忍不住問。

尚醫師說先驅蟲，若健康，到時後再給人認養。他餵小貓們吃驅蟲藥，將牠們安置在阿布樓上的鐵籠，放些水跟飼料。

「常有這樣的事嗎？」我看尚醫師每個步驟都做得超順手，好像這是一套SOP，「那費用呢？」

尚醫師點點頭說有時候，費用就自行吸收，如果最後有人認養就算不錯的結果了。

我真不敢相信有這種人，居然趁著大半夜或一大清早，就這樣悶不吭聲地把整箱小貓丟在門口。或許他們有經濟困難無法飼養，但是這樣丟著，很沒禮貌，也沒有責任感，強迫別人做善事的感覺好差勁。

我坐在阿布鐵籠前的小椅凳，看著鐵籠上那三隻小花貓躲在籠內角落發抖，驚嚇而放大的瞳孔隨時注意外面的動靜，不知道是太疲憊，還是確定無任何危險，眼皮才漸漸沉重，互相依偎睡去。

尚醫師走進住院區，跟我說剛剛我老爸打電話來過，說還是先這樣治療，持續給點滴，再看這幾天有沒有起色。

我應聲表示聽到了，反正我已經不知道對於阿布我可以多做什麼了。

快到中午，阿公提著一個便當還有保溫瓶進來，奇怪!?我的午餐嗎？

阿公開了便當盒，把切好的排骨肉挑到阿布的碗裡。

「阿公。」我小聲叫了阿公，這也太誇張了吧！萬一被尚醫師跟護士姊姊發現，會很尷尬。

「免歹勢，祖公會吃較重要，哪有狗吃這好？」

阿布坐起來，咬了一塊肉，在嘴裡慢慢咀嚼。

「會呷就會活。」阿公摸著阿布的頭，好像這是他的成就一樣地驕傲，然後拿出保溫瓶，「擱有中藥湯。」

阿公催我去向尚醫師拿個針筒，護士姊姊剛好走進來，看著我們公孫兩人的行徑，臉色有點綠了，我抱歉地向她點個頭，便跑去找尚醫師。

尚醫師說他做他能做的，如果我們認為那是我們應該做的，就去做吧！更何況之前吃那帖中藥，效果好像不錯，記得叫阿公留個藥方給他研究看看。

說真的，當下我真的很想擁抱尚醫師，他讓我覺得，我可以再為阿布做點事，而不是完全幫不上忙。

中午我吃完飯，程翎來我家找我，不知道要做什麼，我想跟她說我沒

空要去獸醫院陪阿布。我話還沒說出口，她就說她要去獸醫院探望阿布，原本昨天就想去了，可是光補習就花了她一整天的時間。

我心想，還好程翎沒空，昨天林強昇那個局面，她還是不知道比較好。

「怎麼了嗎？」程翎看我一直沒有答覆。

「沒……有。」我講得心虛，趕緊補充說阿布的情況，「就阿布不是很好，剩下左腎，腎指數還沒降。」

「沒關係，尚醫師很厲害的。」

我想跟程翎說，樂觀也是要有限制的，當你要是知道情況有多糟時，希望就會逐漸被摧毀，我現在就是這個樣子。

下午獸醫院來了一隻狂拉肚子的大黑狗，尚醫師將牠隔離到住院區最裡面的獨立鐵籠，護士姊姊更在鐵籠左右兩面貼報紙。大黑狗看起來很虛

弱，已經在打點滴。

沒有幾分鐘，我便知道為什麼要貼報紙，那隻狗拉肚子居然是用噴的，還好有報紙，不然護士姊姊就辛苦了。

不久，程翎就回到阿布鐵籠邊，跟我說大黑狗的事。原來牠沒打預防針，感染到病毒性腸炎，這兩三天不吃，一直拉肚子。為了要不要住院，主人跟尚醫師討論了老半天，因為這個疾病死亡率很高，只能點滴還有對症治療，再看狗本身的抵抗力是否可以耐過。

聽起來好像不太妙，我偷偷瞄大黑狗一眼，才剛趴下的牠又站起來拉肚子了。

整個下午不斷聽到那隻大黑狗拉肚子，有時候我很懷疑這樣拉肚子會不會連腸子都一起拉出來？還在想時，聞到一股血腥味。

護士姊姊幫大黑狗清理鐵籠的底盤，跟我說聲抱歉，之後這幾天住院區的味道可能會比較重，因為大黑狗拉肚子很嚴重，腸子都出血了。

只是沒有打預防針，被感染到的情況，居然這麼慘，如果沒有親眼看到，還真不知道，那個叫病毒性腸炎的疾病這麼可怕。

後來，阿布還有吃幾口排骨肉，我又灌牠喝早上剩下的中藥湯。我花了好長的時間摸牠的頭和脖子，卻講不出任何一句幫牠打氣的話。

晚上還是九點多回到家，洗澡，寫作業，寫日記。我發現我花好長的時間寫日記，把一整天專心想一次，把自己弄得很疲累，然後準備睡覺。因為我還是不習慣沒有阿布的房間，甚至害怕自己會睡不著。

十二月二十九日

今天真是糟糕的一天。

第一節課國文小考，默寫課文，我就漏了一段。導師中午就利用休息時間把我叫到辦公室，問我最近在忙什麼，上課總是心不在焉，連課文默寫都可以漏掉一大段。我只是一直用「嗯嗯嗯」回應，導師繼續唸，要我多注意點，用心在課業上……

十幾分鐘被唸完後，跟老師點頭敬禮，離開辦公室。關於老師講些什麼，我好像忘了一大半。

而林強昇則是在下課時間，一直找我講話。我真不知道，我們有什麼共同的話題可以聊，我只能用「喔喔喔」回應。看著他這樣講，一直講，高興地講，我心中冒出一個疑問，他的心情怎麼會比我好？兩天前哈士奇的

事好像沒發生過，讓我覺得這一切會不會只是我的幻覺？

「喂！我爸問我想養什麼狗，你覺得呢？」

啥!?我有沒有聽錯？我還以為沒專心聽林強昇說話，這麼快就有心情養下一隻狗？

「就我爸問我，想養什麼狗，你說呢？」我驚訝的表情讓林強昇再問一次。

「……」我來不及反應，「就……」

還好上課鐘聲救了我，結束這像個笑話似的問題。為什麼我要討論林強昇下一個寵物要養什麼狗？被咬死的兔子，不知有沒有被咬傷的刺蝟，被車撞死的哈士奇，我要是說出一種狗，牠會不會就是下一個受害者？我這樣想，卻沒辦法這樣跟林強昇說。

放學後，我還是先到獸醫院報到，瞭解阿布的情況。

阿布看到我，馬上搖尾巴站起來。護士姊姊說阿公中午有帶肉燥飯來，阿布吃了半碗。這是我今天聽到最好的消息，差點感動到掉淚。

我靠近鐵籠，摸著阿布，叫牠加油，改天就可以回家了。這時，耳邊傳來小貓微弱的嘶吼聲，抬頭一看，樓上鐵籠內的三隻小花貓還是縮在角落，充滿警戒地瞪著我。

拉肚子的大黑狗安穩趴在鐵籠內休息，這幾天沒吃的牠，大概也拉不出什麼東西了吧。不過空氣中那股血腥味還未完全散去，儘管護士姊姊已經開了抽風機，底盤地板也用漂白水清洗，那詭異噁心的味道還是存在，簡直就像那病毒一樣頑固。

阿布沒什麼反應，除了讓我摸頭，牠還想撒嬌，但我不敢開鐵籠的門，

怕牠暴衝出來，要是手上的軟針掉了，還要再重打。
其實，我內心還滿希望牠有精神可以衝出來。
今天沒辦法陪阿布太久，回家功課太多了。

十二月三十日

現在的我最期待聽到的聲音，就是最後一節課的下課鐘聲，那表示今天例行性的事已經結束了。我不用坐在教室裡聽老師講課，也不用應付林強昇那些干我屁事的話題。

我最關心也最煩惱的問題，阿布今天好點了嗎？沒去獸醫院看牠，一天好像拼圖缺了一小塊，讓我安定不下來，時時刻刻惦記著，非得要找到遺失的那塊，這一天才算完整。

護士姊姊說阿布今天吃了便當的排骨肉，聽她這樣一講，我就知道阿公來過。阿公果然很愛面子，這幾天我回去時，他總是一副不在意的樣子，悠閒嗑瓜子泡茶，或者陪阿嬤看超老掉牙又爆誇張的八點檔，其實他比我還知道阿布的狀況。

老爸呢？我忙到都快忘記這號人物了。

阿布這兩天的情況，讓我對明天的驗血信心滿滿，說不定明天牠就可以出院了。

正當我自顧自地開心時，尚醫師剛好走進住院區。他提醒我阿布明天要驗血，我回答知道後，忍不住多問，這幾天阿布精神食慾比較好了，肝腎指數應該會比較降了吧？

尚醫師不肯鬆口，給我一個肯定或否定的答案，而是語帶保留地認為還是等報告出來再說。頓時，我像是被澆了一桶冷水，但我並沒有因此清醒，還是相信阿布明天的報告應該會變好。

回家的路上，我想起今晚有夜市，繞道過去買些花生給阿公，讓他泡茶可以配著吃。

洗完澡要回房間時，阿嬤好像在跟老媽講電話，問他們到底什麼時候回來。

到底什麼時候回來!?很重要嗎？他們想回來就會回來了。我有點生氣，老媽之前還說老爸很關心阿布，說什麼阿布也是他養大的，可是現在呢？他到底知不知道阿布很嚴重了？他到底知不知道我的擔心？我不是要抹滅掉他的關心，而是有時候關心不能只是在遙遠的一頭。

十二月三十一日

下課時，程翎說她媽媽晚上要載她去市區看跨年演唱會，問我要不要一起去。我跟她說不用麻煩了，明白她的好意，但最近真的沒心情。

我在走廊上遇到嚴格格，她叫住我。我楞了好幾秒，實在想不出來有什麼事，這幾天數學沒有考試，回家作業我有寫，上課時雖然常發呆，但應該沒有被識破吧！

嚴格格走到我身邊，在嚴肅的臉上露出一點笑容，緩和我內心的緊張。

「明天我家COCO，就那隻白貴賓，要火化，你一起去嗎？」嚴格格說，聽得出來還是有些不捨難過。

我沒想到嚴格格會這樣問，聽到的第一時間，張著嘴巴，不知道該怎

麼回覆她。

嚴格格可能看我整臉的問號，先跟我說聲抱歉，因為之前COCO住院，有聽尚醫師提過拉不拉多是我的狗，所以看到我就臨時想到COCO明天要火化的事，順道問我要不要一起去，不勉強，如果要去，明早十點在獸醫院門口等，她會載我過去。

「喔。」我應聲表示知道了。要不要去呢？連我問自己都得不到一個答案，說真的，那種場面聽起來有點可怕。

放學後，我到獸醫院看阿布，尚醫師在看診，沒空跟我解釋阿布的血檢報告。

一個自稱寵物繁殖業者的老伯帶著一隻小臘腸狗，小臘腸狗倒在診療台上。我正要走進住院區，聽到尚醫師說牠得了病毒性腸炎，我的腳步停

在原地，病毒性腸炎!?不就是那隻大黑狗狂拉肚子的病嗎？

我回頭看著小臘腸，再看看那老伯的反應。只聽到老伯說，那不就沒救了。

尚醫師說不是沒救，要看牠的抵抗力能不能撐過，死亡機率很高，尤其是年幼的小狗。

「算了算了，只是一隻狗仔子。」老伯就丟下這兩句話，順手抱起小臘腸，就走了。

我想到小臘腸有著大黑狗狂拉肚子的情況，就覺得可憐，牠弱小的身體怎麼受得了？有可能撐不到……我不敢多想。

當護士姊姊看到我時，又告訴我，阿布今天沒吃阿公帶來的肉燥飯，害我還沒看到血檢報告前，期待的心又涼掉一半。

我叫著阿布，牠抬頭看我，尾巴搖得很起勁。我假裝生氣地問牠，為什麼沒吃飯？知不知道要吃飯才可以回家？牠歪著頭看我，耳朵微微地動了幾下。

尚醫師忙完門診，跟我說阿布今天驗血的結果，腎指數仍超過標準值，但與上次的數值比較起來，稍微降一些。

這樣的結果跟現實狀況好矛盾，尚醫師說腎臟指數有降，護士姊姊說阿布今天沒吃，那現在的阿布是好還是不好？我漸漸發現，在醫療裡面好難得到一個準確的結果，既然這樣又怎麼做下一步的決定？我現在的表情應該跟阿布剛剛歪著耳朵跟頭一樣，聽不懂人話的樣子。

尚醫師接著說，驗血報告出來時，他有打電話跟我老爸討論。結論是阿布這幾天還是點滴，要是吃跟精神有比較正常，就可以先帶回家安養照

顧。因為只剩一顆不健全的腎臟，回家之後，有什麼異狀或是不吃不喝水，仍需要回診。除此之外，可能隨時要有心理準備。

「喔。」我應聲表示知道了。心理準備!?我聽起來，心裡真不是滋味，那句話卻一直在耳朵裡面打轉，我像趕蚊子一樣在耳邊揮揮手，卻還是趕不走。

回到家，我全身無力，癱在床上，一動也不想動。不知道過了多久，我想今天也是要結束，寫個日記，把今天歸檔掉吧！

一月一日 冷

我從亂七八糟的惡夢驚醒，睜開眼，已經是九點半。因為是元旦休假，阿嬤沒叫我起床。我匆忙出門前，跟阿嬤說中午可能會晚點回來，不用等我吃飯。

快到獸醫院時，嚴格格從一台休旅車探出頭向我招手。我想都沒想，開了後座車門，就坐進去。

「你好。」後座有一個約六七歲左右的小女孩，跟我打招呼。嚴格格說那個是她女兒，看起來有幾分神似，某些角度像是小一號的嚴格格。

「老師早。」我向嚴格格點個頭，再向小女孩問好。

路帶著我們漸漸遠離城市，周遭開始變陌生，房子少了，綠地樹木多了，有點上下坡。如果不是已經知道目的地，還有要出門踏青的錯覺。

那個地方出奇地安靜，就像到了農場，準備坐下來喝杯茶，欣賞大自然。嚴格格牽著女兒的手，我跟在後頭。不知怎麼搞的，心裡有個恐懼竄出，我還沒做好心理準備，根本不想知道終點是什麼，但腳步卻沒辦法停下來。

服務人員帶我們到火化場。

火化爐前，推出了一個台子，上面放著眼熟的紙箱。簡單的桌上，擺著一大束鮮花。只見嚴格格雙手合十，把話喃喃地唸在嘴邊。之後，便請服務人員開始了。

台子推進火化爐，機械卡榫的聲音格外響亮，關上門。火不知從何處開始燃燒，蔓延到整個紙箱，想著想著，我跌進那個惡夢，突然間火化爐崩壞，火舌四處逃逸，阿布全身著火衝向我，火苗跳躍到我身上，吠叫，

尖叫……

「媽媽，COCO呢？」小女孩問題打斷了我的惡夢，她們母女倆坐在旁邊的椅子上。

「COCO在裡面火化。」嚴格格不知何時戴上深褐色的太陽眼鏡。

「火化!?那是什麼？」

「裡面有火，會把COCO燒光，最後剩下骨頭。」

「火會燙！COCO會不會痛？」小女孩緊張地皺眉，隨即又放鬆，「對了，那天在醫生叔叔那裡，牠睡著了就不會痛。」

「嗯，燒完後，COCO就變成煙，飛到天上當小天使了。」嚴格格用極輕的口氣說著，但情感卻是那麼沉重，也感染了我。

這就是終點嗎？無法逃避的離別嗎？我仰著頭，不讓眼淚溢流出來。

「大哥哥，你也有養狗嗎？」小女孩過來拉著我的手，我點點頭。

小女孩說COCO很奇怪，明明牠自己有小叮噹的被子，卻老愛搶她KIKI貓的被子。這一兩年心臟不好，還不乖乖吃藥，每次塞膠囊，又吐出來，搞到最後膠囊都爛掉，還會黏手，超噁心的。還有牠喜歡跟著她進進出出，跑來跑去，尤其在客廳轉圈圈。還有牠只喜歡吃雞肉口味的零食，但不可以太硬，因為牠沒有牙齒，會咬不動……

說到沒有牙齒咬不動，小女孩呵呵地笑，像是跟我分享有趣事情一樣。她講了好多好多的「還有」，好像永遠也講不完。

下午到獸醫院，我伸手摸阿布，牠站起來在我的袖口附近嗅著。要不是牠關在籠子，可能會撲到我身上，聞聞整件外套，甚至褲管都不放過，檢查我到過什麼地方，沾染什麼味道，有時會不屑地扭動一下鼻子，有時會更開心地搖著尾巴。真不知道牠今天從我的袖口，讀出什麼東西？不過，精神好像不錯。

一月二日 寒流

彈性放假，多賺了一天休假日。

早上寫完功課，中午吃過飯，我準備到獸醫院。正開門時，冷風從我耳邊呼嘯過去，手腳不由地顫抖，才想起昨天阿嬤有叮嚀寒流要來，我趕緊關上門退回屋裡，多加件外套，順便再幫阿布拿個備用的毯子。

護士姊姊說阿布早上等不到肉燥飯，有吃點罐頭。我坐在小椅凳，稱讚阿布，順便把阿嬤特別弄的水煮雞肉放到牠的碗裡，可是牠只是聞，沒有要吃的打算，害我稍微失望了一下。

胃口可能沒那麼快恢復吧!?我安慰自己時，眼角瞄到一個黑影在晃動，轉過頭一看，原來是那隻拉肚子的大黑狗，這兩天因為沒聽到拉肚子的聲音，幾乎把牠給忘了。大黑狗兩眼直視著我手上的水煮雞肉，口水多

到來不及吞下，拚命狂流。牠看起來變瘦了，但精神比剛來住院時好很多，應該是抵抗力戰勝病毒了。

診間傳來有些吵鬧聲，吸引我往外走。

一隻懷孕的紅貴賓，肚子大得不像話，過了預產期還不生，主人緊張地帶過來要剖腹。那主人好眼熟，我想了一下，是校門口前文具店的老闆。

手術室的門沒關，我假裝不經意地走來走去，卻很關心裡面的進度。

那隻紅貴賓叫錢錢，比老闆還會招呼客人，只要在他們店裡買過東西，之後就會變成常客，而且很多時候是為了看錢錢而去的。

希望牠們母子平安，我默默地幫錢錢祈禱。

「同學來，你進來幫忙！」老闆叫誰？

我停下腳步，除了在開刀的尚醫師跟護士姊姊，就剩下我呀？我開大

嘴巴，一臉疑惑。

「就是你啦！」老闆手裡拿著一團衛生紙，急忙塞在我的手裡，「趕快幫忙擦乾牠。」

我站在手術室門邊，手裡一團衛生紙，而衛生紙裡有隻小小狗的扭動。我趕緊照著老闆的話做，學著老闆的動作，把小小狗擦乾。

尚醫師在縫錢錢的肚皮，護士姊姊在幫小小狗甩掉鼻子裡的羊水，老闆跟我在幫小小狗擦乾身體，護士姊姊解釋說這樣可以刺激牠們的呼吸。小小狗的雙眼還沒打開，嘴裡不斷發出咿咿啊啊的聲音，粉紅色的小手腳隨意揮舞著。我不敢置信地看著這一個小生命，這就是起點嗎？沒有預告地到來。突然有種感動，讓我有想哭的衝動。

坐在阿布鐵籠前的小椅凳，我看著自己的雙手，想起昨天嚴格格的

狗，發現起點跟終點的差距竟然這麼近!?

回家後，我拿出阿布的相本，一頁一頁地翻閱，有幾張阿布滑稽的模樣，讓我笑了。

小時候，有次阿布和我跟老爸老媽去逛夜市，結果不知道亂撿什麼吃，整個臉腫起來，眼皮超腫，眼睛都快瞇到不見。當時嚇死我，但又忍不住想笑，這張照片還是獸醫院拍的，特別給我留作紀念。

還有一張，阿布第一次去海邊，踏進沙灘，燙到腳底，往老爸身上跳。

還有一張，阿布洗完澡，還沒吹乾，就在地上打滾，全身又髒了，而且是更髒，毛上沾滿泥土。那次，老媽氣炸，說以後幫阿布洗澡是我的責任，她不要做那白費力氣的事。

還有……

我怎麼跟嚴格格的女兒一樣，一直說還有。這樣一來，我真的有點擔心阿布的情況，但是這些「還有」真的讓我心情好多了。

一月三日 冷

早上我到動物醫院時，阿布有不一樣的訪客。

老爸老媽回來了，我有點驚訝，卻沒有表現出來。

老媽說等下搬家公司的貨車會過來，所以老爸說要先過來看阿布。

「搬家公司？」我有點疑惑，這時候怎麼會扯上搬家公司。

「我上次講電話時，不是有跟你說，你爸申請調回來已經通過了，年底或年初就會搬回來住，所以前陣子比較忙。」老媽眼神變得銳利，「難道講電話時，你都沒認真在聽？」

「喔。」我都忘了上次講電話是哪個上次，難怪阿嬤提前大掃除，應該也是為了老爸老媽要搬回來的事吧！好像收到驚喜禮物，有種藏不住的開心要爆炸，但是我還是盡量保持早就知道的樣子。

老爸跟尚醫師講了好久的話，老媽卻頻頻看手機，終於忍不住跟老爸討了車鑰匙，先回阿公家去，她只說搬家公司應該已經到了。

中午，我跟老爸走路回家。讓我想到老媽幹嘛不走回家，十幾分鐘的路程，還把車開走，讓我跟老爸這樣尷尬地並肩走著。

「明天我們就帶阿布回家吧！」老爸先開口說話。

我馬上回應好，隨即想想，又問說可以嗎？

「當然可以。」老爸很肯定地回答，讓我很安心，其實我早想帶阿布回家，只是我不知道風險怎麼拿捏，沒辦法果決地作主，害怕有萬一……

下午，整個客廳塞滿大大小小的紙箱，根本沒地方坐。阿公吃過飯，不知碎碎念什麼就出門去，但是看得出來，他也有快要爆炸的開心，應該會到廟口去跟叔公嬸婆們分享。而我也是連一秒也不想等待，準備衝到獸

醫院，跟阿布報告這個天大的好消息「明天你就可以回家了」。

我到獸醫院時，拉肚子的大黑狗正好要出院了，牠看到我，搖搖尾巴。我沒空理會牠，向尚醫師點個頭，便走向住院區。

我等不及坐下小椅凳，就跟阿布說明天可以回家了。不知道阿布有沒有聽懂？但牠看見我，馬上站起來，搖尾巴想撒嬌，頭不停地磨蹭鐵籠的門。我將手伸進去摸牠，牠應該也感覺到我的開心，搖動的尾巴拍打鐵籠，發出碰碰的聲響。

明天！我好久沒這麼期待明天的來臨了。

一月四日

阿布跟我坐在後座，等待老爸，不知道尚醫師還在跟他交代什麼，或者是他還有什麼疑問。

看著阿布兩隻前腳剃毛的小區塊，輪流打點滴的地方，感覺附近有點浮腫，好心疼。阿布卻不以為意，急著嗅聞這四周，牠應該還記得這台車吧!?對牠而言，應該不難發現，座位的某些縫隙中可能還殘留牠曾經流下的口水。牠察覺到了，安心地坐下，接著對老爸吠叫了兩聲。

「好啦好啦！」老爸向我們揮揮手。

這個習慣居然還在！

小時候，我們要出遊前，我跟阿布總是前兩名衝上車，等著老爸老媽，我等得不耐煩會大聲喊叫他們，阿布看我的樣子，就學我，不過牠是吠叫。

2P-

幾次之後，牠知道上車後吠叫兩三聲，會讓老爸老媽加快動作，我們就可以早點上路。後來，我比較有耐心，還可以等待，而牠早就興奮到忍不住先吠叫了。

我摸摸阿布的頭，發現牠有點喘，想不到這樣一連串的動作吠叫已經讓牠快負荷不了了。

「爸。」我大聲地叫著，催促老爸快來開車。阿布看看我，又跟著吠叫兩聲，但聽得出來已經有點勉強，不如以前響亮。

老爸上車，一直跟我們抱歉，然後說馬上帶我們回家。

「爸，我們可以開車載阿布，到處走走嗎？」我正想說因為阿布好久沒有坐這台車，其實牠很喜歡坐車，可以的話……

「當然可以，我也好久沒有載阿布了。」

老爸載我們到市區繞了一大圈，阿布看著窗外，偶而搖搖尾巴，比年輕的時候穩定多了，以前我們都害怕牠會不會因為要吹風，硬要伸長脖子探出頭，而不小心掉出車外。雖然是這樣想，但感傷又隨即而來。

除了阿布的呼吸聲，以及由窗口湧進車內的風聲，車裡好安靜喔！

「剛剛你們在獸醫院門口等我時，阿布是不是有吠叫？」老爸突然問我。

我說對呀，心想奇怪了，老爸不是還揮手回應嗎？

「沒想到牠這習慣還在。」老爸笑了，可見老爸剛剛的回應也是無意識的反射動作。

從後照鏡看到老爸的笑容，我也才想到，從昨天看見老爸，他就板著一張臉，沒什麼表情，或者他也在壓抑情緒吧！

有很長的一段時間，我占據了阿布的生活。老媽說的對，阿布也是老爸養大的，然後這一段時間，我以為我跟阿布相依為命到阿公家，沒想到，對老爸卻是殘忍的空白。

我開始跟老爸說，阿布都沒忘記坐車這件事，而且超愛的，因為上次程媽媽要帶程翎去市區寵物賣場，也順道載我跟阿布，牠超開心的，從窗戶探出頭，風吹到臉都變形了，舌頭還在滴口水。

老爸說回家前要檢查看有沒有阿布的口水，因為老媽前天想說要回阿公家，才擦過車子，要是被發現阿布有滴口水，我們就慘了。

我又跟老爸說，阿布這幾年去打預防針都很乖，散步也不會爆衝了。

老爸連續說了幾次「那就好」，又接著說以前阿布爆衝超可怕的，老媽還因此不敢單獨帶牠外出。

我在跟老爸聊天，講到阿布時，牠聽到自己的名字，就抬頭看我們一眼，好像知道我們在笑牠，有時也會皺眉頭。我突然好希望，這趟路，就這樣一直開下去。

一月五日 冷

今天居然是星期一，我賴在床上，差點爬不起來。還在掙扎時，老媽不同阿嬤稍低沉的沙啞聲，直飆高八度的叫聲，瞬間讓我完全清醒，因為迷糊中的我，完全忘了老媽搬回阿公家這件事。

阿布還在睡覺，應該很累吧。看牠睡在我的床邊，我感覺很放心，昨晚是這幾天以來，睡得最安心的一晚，不知道牠是不是也有同感？

我帶著滿足的微笑上學去。

在走廊上，程翎問我，阿布好嗎？我還沒回答，她就接著說，看我的樣子，應該回家了吧。

我點點頭，可能還帶有一點傻笑。

「欸，你家那隻老狗，還沒死喔!?」林強昇不知從哪裡冒出來，但是

並沒有惹毛我。

程翎正想回嘴，我就先說話了。

我問林強昇決定養什麼狗了嗎？

林強昇楞了一下，說還沒，說想再養隻大狗。

「不管你養什麼狗，都要懂得珍惜牠，因為牠是一條生命，牠長得快，老得快，牠的一輩子就你這樣一個主人，牠愛你絕對比你愛牠多。」我不知哪來的勇氣說了這些話，可能好想要讓林強昇知道，每個生命都應該要尊重珍惜。

「可是……就一隻狗而已嘛！」林強昇想辯解。

「牠不只是一條狗，而是一條生命，從出生到死亡，牠就如同家人，所以我們會珍惜這感情。如果當牠是一條狗，只是消遣打發無聊的玩具，

這樣會踐踏牠對你的情感，不如不要養狗。」關於林強昇的寵物，我有太多不好的回憶，無法看他再這樣繼續下去，他自以為是的聰明，應該可以理解這些簡單的道理吧。

「可是……可是……」林強昇找不到詞了，不知如何應答，「算了！養狗很麻煩，不養了。」

林強昇搖頭，往教室走去。

後來，程翎一直追問我，怎麼會講這些話，林強昇有什麼祕密嗎？林強昇為什麼要再養新的狗？他不是有隻哈士奇嗎？

我只跟程翎說，妳可以去問他。

放學回家後，阿布沒在門口等我，而是在我的房間睡覺。

我問阿公，阿布早上跟中午有吃東西嗎？

「加減啦！」

聽到阿公的回答，我放心許多。

我回到房間，墊腳尖走到書桌前，準備寫功課，可能拉開椅子時，發出一點聲音，阿布抬頭看了我一眼，稍微搖兩下尾巴，又恢復原本睡覺的姿勢了。

晚上大家坐在一起吃晚飯，阿布才走出我的房間，窩在飯桌邊。

睡前，老爸來了我的房間看阿布，坐在地上陪牠。

「爸，你為什麼想調回來？」沒什麼話題，我隨便問問。

老爸說早就想調回來了，只是沒有缺額，今年剛好有，對老媽比較抱歉，她還得重新找工作。過一會兒，老爸叫我早點睡了，明天還要上學。

等一下，關燈前，我要擁抱阿布，跟牠說聲晚安。

一月六日 冷

這一天，我擱了很久，而每一個小細節卻還是那麼清楚。如果不寫下來，好像沒辦法，跨過這一天，把它成為回憶。

我做了一個夢，阿布從床邊站起來，搖著尾巴，充滿精神地叫了兩聲，邀我一起去散步。我們走在熟悉的路上，我們奔跑在公園的草皮上，我們追逐著一顆球……

我醒來時，阿布躺的位置有點偏離小毯子，我想天氣這麼冷，應該幫牠挪回去。我叫著牠，試圖搖醒牠，卻沒有得到任何回應。我愣住了，靜靜地看著牠，伸手順毛摸著牠，牠的身體依然溫暖，但牠的胸腹部卻不再規律地起伏。

老爸走進房間，挨到阿布身邊蹲下，他說好像有聽到阿布的叫聲。

我強忍淚水，帶著哽咽，跟老爸說都沒事了。我的眼睛不敢離開阿布，甚至擔心會不會一眨眼，牠就不見了。

我們沒再說話，靜靜地待在阿布身邊，直到老媽喊我，因為上學快遲到了。

我沒有心情去想多餘的事，我的世界好像靜止了，所有背景都呈現白色的，除了我跟米色的阿布。

老爸走出我的房間，再回來時，他拿一個大紙箱放在阿布旁邊。我懂他的意思，我先把小毯子放進大紙箱，再跟老爸合力抱阿布進大紙箱。

「我可以再多看阿布一會兒嗎？」

「嗯。」老爸簡單地應聲，掩飾不了鼻音。

早餐，我只記得，吐司快被我捏爛了，花生醬沾滿手指頭，老媽看不

下去，命令我至少喝杯牛奶，我有喝嗎？我不記得了。

阿公從菜市場回來，拎著幾片豬肉乾，他說一定要給祖公帶著，路上才不會餓著。

順應我的要求，讓我再多點時間陪阿布。阿布在大紙箱裡面，就像睡著一樣，但這一生就這樣結束了。

下午，老爸拿了膠帶要黏好紙箱。

大紙箱闔起的瞬間，阿布仍舊一動也不動，我抿著嘴，深呼吸，努力不讓眼淚掉出來。

我跟老爸帶著阿布上路，就上次跟嚴格格去過一次的路。是這台十幾年的老爺車性能差嗎？這點陡坡，居然走得這麼吃力，而且連路上一小石子都可以顛簸整台車。我突然有點希望它拋錨，因為就算去過一次的地

方，到現在，我還是沒做好心理準備。

一樣的程序，我的思緒卻像當機，不管如何敲打鍵盤，都沒有反應。眼淚卻在阿布進入火化爐時，不自覺地流下來，我舉起手臂，用袖子擦著。袖口濕成一片，眼淚怎麼樣也擦不完。老爸拿出衛生紙給我，拍拍我的肩。

「燒完後，變成煙，飛到天上當小天使。」嚴格格的話浮現在我心中，是呀！此時此刻的阿布應該已經無病無痛，快樂盡情地在天空奔跑了。我不應該難過，應該要替牠感到高興，牠不知道已經多久沒有奔跑了。

最後，老爸問我，骨灰要帶回去嗎？

骨灰!?這就是終點嗎？那起點跟終點之間，究竟是什麼？是那些講不完的「還有」嗎？為什麼有那些「還有」？因為對生命的珍惜，如家人般的情感。如果是這樣，終點不只是終點，因為我還擁有許多共同的回憶，

雖然看不見了，但是還是會想念。

我想想，就跟老爸說，放在火化場的園區內就可以，因為這裡有好多朋友陪伴牠，牠最喜歡跟狗玩了。

「爸，你是不是早就知道了？」回家的路上，看著開車的老爸，強烈地感受到在這個時間點他的存在價值，然後想到這個問題。

「嗯，就尚醫師說……有可能……」老爸說得不清不楚，嘆了一口氣，「反正就有機會調回來，就回來了。」

過了好久，快到家的時候，我掙扎要不要多說一句話。

「爸，謝謝你。」我說出口後，才發現開口感謝並不難。

其實不只感謝老爸老媽這時候的陪伴，還有阿公阿嬤這段日子為阿布所做的一切。後來我才知道，阿公原本省吃儉用要買菸的私房錢，都拿去

給阿布買好料的，和那帖精氣神的中藥。還有尚醫師跟護士姊姊對我跟阿布的照顧，讓我可以慢慢去適應阿布的病情，勇敢地去面對。

感謝阿布出現在我的生命中，讓我不再孤單，學習成長。

阿布，此時此刻，我還是好想你。

END

後記

終點前追逐夢想活在當下

在沉重的二〇二〇年的尾聲，我接到最美麗的消息就是「再版」，非常感謝五六年來支持阿布的大小朋友們。我半夜常常在網路上，搜尋著阿布流連何處的蹤跡，圖書館的書被哪位朋友借回家了呢？也看到小朋友做影片或寫心得分享這本書。到國小分享時，當老師說借過書箱，全班都讀過書時，我又有些不好意思，想問問你們有被逼迫嗎？

而去年，一樣在九歌現代少兒文學作紡頒獎的場合，我再次遇見秋芳老師，在得知她很喜愛阿布，並在創作坊推廣這本書時，我很感動，如果我是阿布的飼主，她便是帶牠上第一線的領犬員，或許她對阿布的熟悉，更勝於我。非常感謝秋芳老師對阿布的照顧，也感謝所有推薦閱讀的老師以及大小朋友，因為你們，我和

阿布才有辦法走這麼遠，認識這麼多人。

阿布為什麼會死？這是小讀者們最常問我的一個問題，甚至有的朋友讀到哭了。

其實，現實世界中的阿布在兩歲左右，因為飼料廠商黃麴毒素的問題，造成急性腎衰竭而過世。那時候，對於身為臨床獸醫師和飼主的我來說，是多殘酷又無助，我已經明確地看到了終點，但我的先生卻還抱著希望。

如果牠再多活幾年，孩子從小跟一隻大狗玩，一起追逐嬉鬧，然後牠慢慢老去，而家人陪在牠身邊，那會是怎樣的一個場景呢？結果阿布就在書裡面了，也因此有機會，陪伴更多朋友去學習體驗生命。

此外，這本書也是一個夢想的實現。對於喜歡寫作和動物的我，一直覺得這是兩條截然不同的路，選擇了當全職獸醫時，寫作就好像飄渺的雲，只能仰望。後來當了媽媽，所有的時間運用重新分配，全職媽媽，兼職獸醫，在孩子睡的時間寫草稿開WORD，狗日記就這樣拼湊出來了。在坐月子時，接到欣純編輯的電話，知道得獎，知道有機會出書時，我的眼淚真的是瞬間落下。聽說月子裡不能哭，不然眼睛會瞎掉，真讓我有點擔心，怕瞎了看不到小孩，怕瞎了無法寫作，怕瞎了又怎麼幫狗貓看病呢？

我記得領獎那天時，陳素芳總編輯說首獎常是讓新手拿去，我說前一兩年我也都有投稿，但都落選了。真的是這樣，我的

部落格裡有很多落選作品，雖然落選，但我也都愛它們。如果有人一蹴可幾，那絕對不是我，我紮實地生活在當下，一字一字堆疊，雖然有時任性又不成熟，但我真的努力地在文字裡打轉。

所以夢想是可以被實現的，縱使目前看不出任何進度或成果，但是不斷的修正和努力，就會那麼一天。

當你閱讀書裡的每字每句，對我而言都是一種鼓勵，非常感謝。

最後感謝九歌出版社，為少兒文學鋪了一條漫長的路，讓我和阿布有機會可踏入。

邱靖巧　於二〇二〇年十二月

延伸閱讀：

日常的幸福和悲傷

——喜歡，《我和阿布的狗日記》

黃秋芳

1．一趟純淨的旅程

二〇二〇年，一個悲傷又不安的年度印記，聽到《我和阿布的狗日記》再刷了，真的好高興！好像在冷冽的冰海地層，湧出一股暖流，慢慢地、慢慢地，在荒寒中鑿出一條通道，讓我們看見光，看見希望，看見一種非常簡單的生活溫暖。

經過這一整年的荒寒恐懼，國界猶疑，邊境封鎖，瘟疫傷亡人數不斷攀升，疼痛與離別成為日常。創作坊為孩子們訂了出版社存書的最後一批《我和阿布的狗日記》共讀，一起撫觸著封面上素樸的塗鴉、拙稚的手寫，以及用狗爪印子拼組出的「狗」字，柔軟地熨燙過心底，慢慢安撫著無由慌亂的心思，

我們放慢了閱讀速度，跟著十四歲的老狗阿布，經歷生命的衰退、病苦，感受在垂老邊界的頹喪和眷戀，不甘，不捨，卻又不得不看著在意過的一切都在流失；同時也跟著和阿布同齡的阿叡，處在青春邊界，安穩的生活正在變動，父母初離，祖父母初老，一直無條件撐持自己的老夥伴阿布，用想像不到的速度在老去，好像退到懸崖邊緣，世界搖搖晃晃，他必須靠著自己，找出新的方向。

十四歲，魔法般的年紀。阿布的狗紀年，同步揭示著阿公衰老的不可攔阻，阿布的腎臟指數，對照阿公騎腳踏車跌倒後骨頭裂開的生理困境，都在看起來平淡安穩的日常生活中，打開「不安裂隙」，像一縷帶著憂懼掏剖的惡靈，從這道裂隙擠出來，盤旋在人間，誰不夠勇敢了，誰就得付出代價。世界從原來純真乾淨的童話粉色，轉換成一種風雨黏濁的混灰黯調，就在搬家、生病、跌倒……這些歧生的意外，讓同樣十四歲的阿叡，不得不告別天真的童年，跨向真實人生，努力扛起責任，

成長，成熟。

活靈活現的台語書寫：「袂輸服侍祖公」，成為「心情蹺蹺板」的支點。阿公對兒孫注意力都放在阿布身上，從最初的吃醋和作對，慢慢靠向無可奈何的照顧和妥協，到最後都變成對衰老感同身受後的憐惜和縱容。阿嬤為阿公買菸，就像阿公餵阿布吃滷肉飯，都是我們在愛之前無可奈何的疼痛和妥協。

如果我們付出了愛，生老病死都成為反覆過關的考驗。無論是任性的男孩、甜蜜的女孩，或者是成熟壓抑的老師，匯聚在尚醫師的醫院，用各種不同的形式不斷的愛、不斷的失去，我們並不一定會因為疼痛和悲傷而變得更成熟，只是藉著回顧那些簡單無求、純粹出於信任的眷戀和陪伴，讓自己在一次又一次傷痛告別中，奮力倖存，慢慢向前走。

每個人都必須學會，用自己的方式，珍惜當下，接受失去，走過傷痛。所以，阿叡必須寫一本阿布的狗日記；爸爸媽媽必須在阿公阿嬤衰老以前，盡快安排好孝養安居的遷移計畫；任性

男孩、甜蜜女孩、惆悵老師和尚醫師周邊所有人的堅持和失落，都必須找到各自的信仰和方向，認真走下去。

2．一個熱情的名字

翻讀著《我和阿布的狗日記》，有一些柔軟的珍惜和感動，那些因為愛、因為在乎才抽痛的空洞。像在很冷很冷的夜裡，煮一鍋冒著煙氣的熱湯，喝幾口，靜靜地盛接著溫度滲入心底，再鑽進剛用烘被機烘得酥酥軟軟的被窩，瞬間，世界停止走動，只剩下溫暖、濃郁的安全感，把我們包裹起來，香香的，甜甜的，讀一本書，讓我們一起回到純淨無慮的最初，直到天荒地老。

尚醫師，成為一種摩天輪的支點。沒有太多戲，但是，盤旋在《我和阿布的狗日記》中，所有的主要角色、次要人物，甚至是各種襯景存在的人、狗、貓、畜……，都繞著尚醫師和他的醫院，找到一點點希望，等待生活的美好繼續接續起來；有時候相反，希望落空了，但是有這麼多「別人」和自己一樣，

不得不接受病苦離別，也就知道自己並不那麼寂寞了。

出現在《我和阿布的狗日記》裡的尚醫師，有時候也會出現在其他作品，以「尚靖醫師」的形貌，反覆在邱靖巧的故事世界探班串場。邱靖巧的筆名就叫「尚靖」，真的非常上進！從小在上下課途中，看到動物屍體就忍不住把牠們移到路邊掩埋安息；大考後填志願卡，選了所有跟動物有關的科系；嘉義大學獸醫學系畢業後，在家庭和獸醫院間活躍著，把生活大小事的領略和省思，記錄在「靖的部落格有個野蠻人chchch」，非常上進地旋轉在生活、專業和文學上，不斷在尋找更豐富的可能。

她的創作，有一種濃稠而多層次的密度。有懸念、有巧思，最難得的是，總是寫得簡單、自然，從對話到場景，充滿個性的腔調和游離在故事間的氛圍，好像就發生在我們身邊。阿布的名字，是一團充滿靈魂和記憶的布偶；阿叡姓「賴」，和她的生活糾纏得更深刻，賴在她家，賴在我們心上，靖巧喜歡賴皮，在情緒上，更容易引起共鳴。

從純粹獸醫本色的《我和阿布的狗日記》出發後，她不斷抓攫不同的議題，企圖嘗試嶄新的創作旅程，好像對世間所有糾結的情感迷惑、拉扯的文明難題，都懷著巨大的熱情，準備一場華麗的對決，務必得找到出口才行！《我和小豬撲滿的存錢日記》，探討青少年的物質觀與金錢觀，從自己的小豬撲滿和掌管全班總務的層層考驗，勾勒金錢往來、貧富對比；《短褲女孩的青春週記》，先是極尋常地與國小男同學間的哥們情誼開始質變，被同班同學誤會、忌妒、排擠，接著有三角戀情、未婚懷孕，以及蒙昧的同性曖昧，最後再和進成人世界的功利擇偶，青春的乾淨透明，就這樣披戴著歲月，塗抹出矛盾和疲憊。

也許就是因為對這世界的觀察和渴望，表現得太強烈了，她的文字搏鬥，像一塊珍貴的璞脈，這樣生機勃發，卻又率性素樸。有一些小瑕疵，藏在熱血翻騰的作品裡，透過小說、透過童話，透過社會議題的參與和評論，一次又一次出發，一次又一次扑跌，讓人非常期待，不知道什麼時候，還可以再出現像《我和

阿布的狗日記》這樣橫空出現、讓人一眼難忘的傑作？

3．一場簡單的決審

說老實話，《我和阿布的狗日記》能夠在二〇一四年得到九歌現代少兒文學獎首獎，我先是意外，繼而又相信這是理所應然的結果。

在這之前，少兒小說的參賽傳統，習慣從殘缺破碎的弱勢困境，以及不斷在衝突掙扎中奮鬥向上的力量，找到格局寬闊、最好帶著氣勢磅礡的大議題。忽然，看到一個作家，勇敢地丟出一個故事，沒有奇幻異想，看不到戲劇衝突，只用一小段又一小段生活特寫，交錯凸顯出一個不是單親、沒有壓抑，性格簡單，而且是非常健康快樂的小男孩，看著陪他很久很久的拉不拉多犬阿布老去、生病、離開，就這樣，故事結束了！闔上稿件，讓人一直迴盪在暖暖的溫度裡，慢慢湧生出不斷蔓延、擴大的遺憾。

好喜歡這篇作品哪！可是也特別忐忑，這樣簡單的勾勒，

有可能得獎嗎？

不斷在心裡推演，生活沒有邏輯，小說卻必須是一場嚴謹推移、緊密呼應的人生修煉。每一個創作者，站在確然不可撼動的真實岸上，遵照著性格的必然和命運的前後牽繫，一點一滴辯證、推移，把人間幻影演練到盡，直到我們在真實剝落中，對所有的悲歡浮沉，升起無限可能卻又如霧如夢的惆悵，慢慢從可信的這一岸，遞送到不可信的另一岸，讓我們完成更多的想像、試煉，再從虛幻的歷練中回到真實的考驗，禁受更多的寂寞、痛楚，學會珍惜當下的歡愉起伏。

我們的愛、我們的記憶、我們反覆迴旋的傷痛和陷溺，透過藏在穩定中必然發生的衝突，隨著強大的逆轉，撞擊，撕裂，大部分的小說就在這種人生模擬中，藉由深愛和疼痛、崩裂和重建，拼貼出脆弱而簇新的穩定，慢慢再往前。平凡的我們，以為自己可以在既定的秩序裡，安安靜靜地度過每一天，其實，生活裡的每一個碎片，都不理會規則，總會有這麼多不可思議

的瘋狂脫序，以及根本沒有任何道理可講的命運分岔，這就是拜倫為什麼會特別感慨：「真實的人生比小說還曲折。」

好像，我們必須在小說裡，透過畸零掙扎的人物設定，來檢視並不完美的現世人生；埋進像炸彈爆裂的戲劇性，來凸顯命運敲門的荒誕無措，這樣，才能和整個世界的艱難挑對抗。

奇特的是，《我和阿布的狗日記》完全沒有這些包袱。一個孩子，平平安安地長大了，三代家人很親密，愛很多，朋友相處很開心，動物很可愛，生活很美好，在這些簡單的日子裡，無論是誰，不管是好心或惡意，我們還是會吵架、會嘔氣、會憤怒、會傷心、會生病、會老去……，就是這麼些日常的幸福和悲傷，讓我們真切感受到，沒有誰比誰更寂寞，也不可能誰比誰更幸運，這就是我們生活著的此時此地，屬於每一個人各自擁抱的豐富和孤單。

最後決審，《我和阿布的狗日記》以驚人的票數差，遙遙領先所有作品獲得首獎。這是邱靖巧的第一次投稿，沒有太多寫

作訓練，也缺少作品的修潤累積，像武俠小說裡超級幸運的傻小子，自己都沒法解釋內力哪裡來？只靠著「真心真意」，打出一個人的江湖。

能夠在《我和阿布的狗日記》再刷時，回到那個瞬間，我在歡愉中，感受到無比的幸福。這個洗盡技巧、留下純粹感動的首獎決議，就是對「簡單生活」、「純真情感」最真摯的致敬。

我和阿布的狗日記

國家圖書館出版品預行編目 (CIP) 資料

我和阿布的狗日記 / 邱靖巧著 ; 劉彤渲圖 . –
增訂新版 . -- 臺北市 : 九歌出版社有限公司 ,
2021.01
面 ;　公分 . -- (九歌少兒書房 ; 281)
ISBN 978-986-450-322-3(平裝)
863.596　　109019817

作　　者 —— 邱靖巧
繪　　者 —— 劉彤渲
責任編輯 —— 鍾欣純
創 辦 人 —— 蔡文甫
發 行 人 —— 蔡澤玉
出　　版 —— 九歌出版社有限公司
台北市 105 八德路 3 段 12 巷 57 弄 40 號
電話／ 02-25776564・傳真／ 02-25789205
郵政劃撥／ 0112295-1

九歌文學網　www.chiuko.com.tw

印　　刷 —— 晨捷印製印刷股份有限公司
法律顧問 —— 龍躍天律師 ・ 蕭雄淋律師 ・ 董安丹律師
初　　版 —— 2014 年 8 月
增訂新版 —— 2021 年 1 月
定　　價 —— 280 元
書　　號 —— 0170276
I S B N —— 978-986-450-322-3